「対話」の力

五木寛之×栗山英樹

NHK出版

目次

第一部　「自分自身を発見する」——それが対談の面白さです。

63
その人に合ったやり方というのでしょうか、それを見つけていかないといけないということですね。 ――栗山

67
できるだけ人は、他人と接する機会が多いほうがいいような気がしています。 ――五木

70
栗山さんの、スポーツマンとしての一面と違う、求道者的青年の一面を見て、非常にうれしかったです。 ――五木

第二部 対話とは「人を読むこと」――と私は思っています。

80
いい選手ほど、観客のエネルギーを生かせるというのでしょうか、集中して力が発揮できていると思います。 ――栗山

119
出会いは偶然ですよね。でも本当に、「あのときに、あの人と出会っていなければ」ということが実際にある。——五木

126
積み重ねられる強さ、繰り返せる強さみたいなものが、僕には、才能というのではないかと思えるのです。——栗山

130
自分の意志とか、努力とか、目的とか、そういうものを超えた何かがあるという感覚だけはあります。——五木

135
自分の心をコントロールするのは大事ですが、一方で、心のままに、という考え方もあると思うのです。——栗山

139
偉大なアスリートというのは、偉大なインテリジェンスを自ずと育てている人なんだなと、つくづく思いましたね。——五木

147
一人一人、全員が違う、その違いこそが大事なんだと思えれば、自信を持たせられるし、それぞれの生かし方もある。——栗山

第一部

「自分自身を発見する」——それが対談の面白さです。

2023.11.20　東京渋谷・ＮＨＫラジオ収録ブースにて

……人とお話をしているうちに、
「自分はこんなことを考えていたのか」
「そうだった、こんなこともあった」というふうに
思いがけない見方や考え方が掘り起こされ、
記憶の底にしまい込まれていた出来事が
ふと言葉になって出てくる。……
それは言ってみれば、自分自身の発見だと思うのです。
そんな発見を伴うような対談が、
いい対談と言えるのではないでしょうか。

——五木寛之『人生のレシピ 幸せになる聞き方・話し方』より

今日は、先生にいろいろなことをお聞きしたいと思ってやってきました。——栗山

栗山　五木先生、はじめまして。
五木　どうも、はじめまして。今日は楽しみにしてきました。
栗山　僕がいちばんお会いしたい方ということで、今回、無理を言って時間をいただきました。本当にありがとうございます。
五木　いやいや、そうおっしゃられると、本当に光栄というか、お恥ずかしい。僕はこれまで、プロ野球の監督さんとは、最初が長嶋茂雄《しげお》さん、二度目が野村克《かつ》也《や》さんにお会いしているのですが、今回、三度目が栗山さん。もうこの年ですから、生涯に三人のプロ野球のスター監督とお話ができたというのは、ものすごくいい思い出になります。
栗山　本当に感激しています。よろしくお願いします。

「自分自身を発見する」
——それが対談の面白さです。

五木　栗山さんは御本を何冊もお出しになっていますね。今回、『栗山ノート』『栗山ノート2』を読ませていただきました。ものを書くのが仕事の僕がこういうことを言うのはお恥ずかしいのですが、その本がどれだけ読まれているのかと、最初に奥付を見てしまう。この本はすごいですね、短期間のうちに版を重ねていて。

栗山　とんでもないです。

五木　びっくりしました。

栗山　これは、すべてWBC（ワールド・ベースボール・クラシック）に勝ったことが理由だと思うのですけれど、本当に恥ずかしい限りで。

五木　読んでいて、本当におもしろかった。栗山さんはよく勉強していらっしゃるから、古典などの引用がふんだんにされていて、僕もすごく勉強になりました。

栗山　先生にそれを言われると話がしにくくなってしまいますが、僕の場合、プロ野球の監督をやりながら、次第に相談する人がいなくなっていってしまったんです。そこで、昔の方や、先生の本などから学ばせてもらうということが基本になりました。

今日は、いろいろなことをお聞きしたいと思ってやってきました。最初に、先生、僕は、選手にものを伝えたりする、あるいは選手から話を聞くときに、お互い本当に真剣に聞いていていたのだろうか、理解し合っているのだろうかと、あとで疑問を持つことがあります。対話でものを伝えるというのは難しいことなのでしょうか。

五木　実は、僕が表現の世界でいちばん大事にしているのは、「語り合う」ということなんです。声に出して話し、向こうの言うことを聞いて、そして自分の意見を述べるという。これが根本だと思うのです。僕は字を書いて仕事をしているわけですが、文字というのはあくまで「語り」の代用品で、根本は、人と直接語り合うことだと思う。最初から偉そうなことをしゃべって申し訳ないけれど。

栗山　いえいえ、先生の言葉をお聞きしに来たので大丈夫です。

五木　こういう話のとき、僕はときどきブッダの話をするのです。一般にはブッダと言えば、仏様で、すごく偉大な人だという感じがしますよね。けれど、虚心《きょしん》坦懐《たんかい》にブッダの生涯を眺めてみて、何をした人なのだろうと考えてみると、まず、

第一部

「自分自身を発見する」
——それが対談の面白さです。

歩いているんです。当時のことですから、本当に素足《すあし》に近いような足でガンジス川の流域を歩き回って、最期は雑木林の中で亡くなってしまう。

もう一つは、話をしたということです。仏教で言うとお説法《せっぽう》ということになりますね。霊鷲山《りょうじゅせん》という山の上で話をしたというのは有名ですけれど、人を集めて、みんなに自分が悟った真理を語り聞かせたわけです。

あともう一つ、問答《もんどう》というのが大事なんですね。たとえば、道を歩いて来た農夫とすれ違うときに、「自分たちはこんなふうに畑を耕して作物をつくっている。あなたはいったい何をやっているのか」と言われて、「私は人々の心を耕していますす」と答えたりする。機知に富んだやりとりですね。

ブッダの生涯とは何だったのだろうと考えてみると、歩いた、語った、そして問答をした、基本的にその三つなのです。ですから僕は、人々に語りかけて対話をするというコミュニケーションが、すごく大事なんだと考えているのです。

そういう意味で僕は、野球も一つの「対話」だと思うところがあるんですが。

栗山さんは、現代の偉大な対話者だなと思って、うらやましいなと感じていました。――五木

栗山　対話、はい。

五木　それは、相手チームとの対話であり、また選手同士の対話でもあり、観客とプレイヤーの対話でもある。野球と仏教は、一脈《いちみゃく》通じているところがあると思いますね。

栗山さんのお書きになった『栗山ノート』二冊を丹念に読んで、すごく感心した理由の一つはそこにあります。自分でものを書くというのは孤独な仕事だけれど、その中で栗山さんは、絶えず対話をしながら書いているんだね。そこが、すごくおもしろかったし、魅力がありました。いい御本をおつくりになったと思って感心しました。

栗山　そう言っていただけるとうれしいです。たしかに、僕が本を読むのは、「こ

れはどうしたらいいのだろう」と困ったときに、先人や先生の本に、「こうしたほうがいいのですか」と聞いている感じなんです。その読み方は、間違っていないということでいいのですか。

五木　うん、そうですね。

そして栗山さんは、選手と対話したりものを考えたりしたあと、それをもとに、ずいぶん膨大《ぼうだい》なノートをおつくりになった。これは自分との対話ですね。栗山さんは、期せずして、対話という、生き方として大事なことをちゃんとやっていらっしゃる。WBCの監督をお退《の》きになったあとでも、メディアに出られたり、ものをお書きになったりしていますが、結局はこれも対話なんです。誰かに語りかけて、メッセージを発して、相手からの反応を自分の中で咀嚼《そしゃく》する。

そういうふうに考えてみると、栗山さんは、現代の偉大な対話者だなと思って、はたから見てうらやましいなと感じていました。

栗山　いま先生に言っていただいた「対話者」というのは、これからぜひ、使わせていただきます。それを意識することで、自分が目指す方向、行きたい方向に行けそうな気がしました。

五木　監督という仕事をなさっていて、選手やコーチとの対話だけでなくて、観客との対話、いわば無言の対話というのも試合の中にはあると思うのです。そういう対話者としての栗山さんが、僕の中のイメージですね。

栗山　たしかに、試合をやっていて、もちろん勝つためだけを考えて采配《さいはい》をふるうのですが、ふと迷ったときに、「見ているファンの人たちはどういう展開を見たいのか」とか「どういうことを期待しているのか」と、頭にバーッと浮かぶことが実はあるんです。

五木　イメージですね。

栗山　はい、イメージが。そのとき、それに対する言い訳のように、「ファンの皆さんはこうしてほしいかもしれないけれど、ごめんなさい、僕は勝つためにこうします」と思って采配を決めたこともありました。

プロ野球なので、ファンの人に喜んでもらわなければいけないときがあります。ファンの意図もくんで、ここはそうやってもいいというときにはその采配を選択する。たしかに、そこはすごく考えていたかもしれないですね。

五木　そうですよね。野球はもちろん一人でやっているのではなくて、選手同士だけでやっているわけでもない。球場にいる観客、テレビを見ている全プロ野球ファン、そういう人たちとの対話のドラマですよね。

最近、すごくそれがわかってきました。野球のおもしろさというのは、プレーだけではなくて、社会における野球の存在そのものが対話であり、コミュニケーションだなと思ってね。そのコミュニケーターというか、陣頭《じんとう》に立って指揮をしていらっしゃるのが監督ですから。栗山さんのお仕事というのは、ある意味では、言い方はおかしいけれど、一種の宗教的な感じさえするところがありますね。


野球の世界に、活字に関心があって本を読む人が多いことに気がついてちょっと驚きました。

——五木

栗山　先生、最初にお聞きしたように、僕は人の話を聞いているときに、聞こえているのですけれど、ちゃんと咀嚼できていないなと感じることがあったんです。ですからコーチの人たちには、本当に苦しくなったときには横にいてくれるだけでいいとお願いしていました。でも一方で、「まずちゃんと選手の話を聞いてやってくれ」とも言っていました。ちょっと矛盾《むじゅん》しているでしょうか。

五木　東洋では古来、寡黙《かもく》が美徳とされているけれど、大事にされすぎているのではないかと思いますね（笑）。逆に、雄弁《ゆうべん》にどんどんしゃべりまくるというのもどうでしょう。寡黙と雄弁とは、一脈通じるところがあるんですよ。いろいろなことを無制限にしゃべっていながら、実は何も言っていないということもありますよね。

栗山　ありますね。

五木　だけど、無言の会話というか、黙って横に座っていられても、その人から数限りない問いかけが降りかかってきているような感じがするときもあるじゃないですか。

栗山さんは、監督としてベンチにいるとき、ものすごく、自分の中でのドラマというか、葛藤《かっとう》があるのだろうなと思っていました。

栗山　ただ自分では、黙って我慢《がまん》しなければいけないときと、言いたいことをバーッと言わなければいけないときと、その判断というのはやっぱり難しいなというのは、正直ありました。

五木　栗山さんは、東京学芸大学のご出身ですよね。ということは、一般的に考えると、先生になるというお気持ちがおありだったのですか。

栗山　そうですね。高校、大学と野球をやっていたのですが、自分がプロ野球に指名されるような選手になれなかったので、いっときは、教員をやりながら野球の指導者をやりたいと思ったんです。

五木　ああ、なるほど。

栗山　ところが、大学を出るときにどうしても野球をあきらめきれなくて、それでプロ野球の入団テストを受けさせてもらって、ドラフト外でプロに入っていくという、そういう経緯だったんです。教員になろうというのは、いまでもなんですが、いつかどこかでという思いはずっとありますね。

五木　いまは、白鷗《はくおう》大学の先生をなさっている。

栗山　はい。

五木　野球の世界に、活字に関心があって本を読む人が多いことに気がついてちょっと驚きました。スポーツマンというのは、やっぱりすごいなと思ってね。身体をトレーニングするだけではなくて、知性というか、ものを考えるということ、精神のトレーニングも同時にやっているんだなと、今度『栗山ノート』を拝読して痛感しました。

栗山　いえいえ。でも、たとえば、今回のＷＢＣ（二〇二三年三月）のときもそうでしたが、選手から、「時間があるときに、これを読んだらいいよというような本、何かありませんか」とけっこう聞かれました。それで、僕がおもしろかった本や勉強になった本を贈ったりしたのですが、そういう選手が増えてきたかなというのはちょっと感じます。

五木　監督がそうだと、チームの中にそういう雰囲気が伝わっていくんじゃないですかね。野村さんが監督をやっていると野村さん的なチームになるし、長嶋さんがやっていると長嶋さん的な感じになるでしょう。いま、栗山カラーというか、そういう雰囲気を栗山さんのチームの選手たちが感じているのだと思います。不思議なことなんですけれどね。

栗山　たしかにそうかもしれません。僕は、野村監督下の選手でもあったんです。

五木　そうか、そうでしたね。

栗山　ですから、野球を学び続けろとか、もっと違う角度で野球を見ろとか、そういうところは野村監督の影響を受けました。

五木　いまも、新しい本の執筆はなさっているのですか。

栗山　はい。試合のことだけではなくて、自分が感じていることについての本を出させてもらおうかなと思っています。

五木　栗山さんは、子どものころから活字というものに関心がおありだったんでしょうか。

栗山　うちは、貧しいとまでは言いませんが、本当に普通の家庭でした。僕も兄も「金のかからない大学へ行け」と言われるような家庭ではありましたが、子どものときから本だけは何を買ってもいいと父親からは言われていました。

五木　それは、いいお父さんだなあ。

栗山　めちゃくちゃ怖くて、手も出るし足も出るという、いまではあり得ないような父親でしたが、本だけは、漫画であろうと何でもいいと言っていました。それで、ベーブ・ルースの伝記など、たくさん読みました。野球漫画はほとんど読んでいましたし、本との関わりは、子どものときから大きかったかなと思います。

僕はデータというのを歴史だと思っています。自分が迷ったとき、データを見ながら探している感じです。

——栗山

五木　大学では、卒論は書かれましたか。

栗山　はい、書きました。「高校野球におけるワンストライク・スリーボールからの攻撃法」という論文です。

五木　ほう、それはおもしろいね。

栗山　ワンストライク・スリーボールになったとき、打ったほうがいいのか、フォアボールを取りにいったほうがいいのかということを、高校野球の試合データを分析しながら論じた、そんな感じのものです。

五木　それは、発想が卓抜です。ワンストライク・スリーボールね。僕も見ながら迷いますよ。打者がどういう選択をするだろうというところは。

栗山　そうですね。プロで実際に戦っていても、そのカウントになったときに、監督が「待て」のサインを出すケース、つまりツーストライク・スリーボールまで待たせることはもちろんあります。ただ、そこを論理的に考える発想だけは大学ぐらいからずっとあったので、そのときもデータを集めている感じでした。このサインを出すとこういう結果になるというデータを、たくさん積み重ねていきたいと思っていましたから。

五木　僕らの監督像というのは、昔ですと、ほとんど何も言わずにベンチに腕組みをして座っているようなイメージもあったのですが、いまは本当に、二十一世紀の監督像という感じだね。やっぱり、データというのは大事なんですね。
栗山　はい。ただ、僕はデータというのは歴史だと思っています。野球の長い歴史の中で、こういうケースにこういうサインを出すとこういう結果に終わるというデータの積み重ねがある。自分が迷ったとき、過去に同じケースで苦しみながら結果を出している人がいるはずで、それを、データを見ながら探しているという感じですね。

野球の監督をやっていると、いつも、上から指示を出されているような気がするのです。──栗山

栗山　たくさんお聞きしたいことがある中で、先生は、「情《じょう》」を伝えるのが情報である、要するに、情が入っていないと本当の情報にはなっていないのだと書か

れていたと思います。たとえば、戦争のときなども、兵力がどのぐらいあるかということより、兵士たちがどう思っているのかが大事なんだと。先生の本を読んで、僕は情報の使い方を間違っていたかなと、すごく思ったんです。

五木　そう、情なんだね。人情の情。野球でも、データだけではなくて、情という、人間的な思いが要素としてあるのではないかと思うのです。そういうものが入っているから、僕らはドラマとして野球を楽しんで見るのでしょうね。それは、打者とピッチャーのかけひきなどもそうだし、観客の期待度なんかも、ものすごく大きな情の一つです。

今回のＷＢＣの最後のあたり、テレビを見ている全国民の期待が、いっせいに、見えないエネルギーになって球場に注いでいるような、僕はそういう感じがした。決勝戦は、ちょっと出来すぎだなと思うぐらいの結末に終わりましたけれど、あのときやっぱり、日本人の感情のボルテージが一挙に高まったと思います。戦後、何度かそういうときがありましたけれど、今度のＷＢＣは、そういう意味でも大きなイベントでしたね。

栗山　最後に大谷翔平《しょうへい》とマイク・トラウトが戦うというのは、出来すぎですよね、物語的に。

五木　本当だよね。

栗山　ああいうことがどうして起こるのか。僕は、「神」というと変なんですけれど、野球の監督をやっていると、いつも、上から指示を出されているような気がするのです。たとえば僕らが駄目《だめ》なときには、「お前らの努力や生き様じゃ、まだまだ足らないな」とか、「もっと頑張らないと今回は勝たせない」と言われている、というのでしょうか。

今回は逆に、最後に大谷とトラウトが対決したとき、「ちょっと勝たせてやろうかな」と、誰かに言われているような感じだったんです。そういう、作品として書いたら怒られるぐらいのストーリーが起こることがあるんですね。

五木　そうですね。あれを小説で書いてしまったら、ベタなドラマ構成だと言われそうな感じがするぐらいの一瞬でしたから。

戦後、日本人がいっせいに心を合わせるような機会が、何度かありました。あの瞬間は、そのうちの一つに入るような大きなイベントでしたね。そこにたまたま栗山さんが監督として携わっていたということも、自分の努力とか計算だけではできない不思議な出会いですよ。

栗山　僕は、本当に部品の一つのように感じることがありました。日本の皆さんがコロナ禍の中で元気がないとき、「さあ、元気出そうぜ」ということで、今回のWBCは少し意味があったかなと思うのですが、そこで僕が何かをしたということではなくて、皆さんが喜ぶために誰かがそこに僕を置いているというか、誰かの力でそこに僕がいるという感覚を、自分の中で受けたりしたんです。

五木　そういうことを一生のうちにドラマティックに体験することは、なかなか難しいことです。栗山さんはやっぱり、そういう星の下にというか、そういう星回りとして存在している。自分がそれに携わることは、計算してできることではないですからね。これはやっぱり、個人の力じゃないよね。

栗山　そう思うんです。これは本当にじっくりとお聞きしようと思っていたのですが、「自力《じりき》」と「他力《たりき》」という考え方がありますよね。明らかに僕の力ではないところで、何かが起こっているということを、監督をやりながら、僕はすごく体験しているんです。このことを、他力ととらえてもいいのでしょうか。

五木　最近は「他力の資本主義」などと話題になっていますね。しかも、仏教的な他力の考え方と、世間一般で言われている他力というのは、ちょっと違うところがあるんです。世間一般の考え方では、他力本願《たりきほんがん》などと言って、自分の力ではなく、他の人の力を借りて物事を進める、そういう受け取り方がありますけど。

それからもうちょっと進んでいくと、自分一人では何もできないのだと、まわりの人に助けられて自分は動いているんだと、ちゃんと感謝の気持ちを持たなければいけない、これもまた通俗的な考え方の一つです。

本来の仏教における考え方では、人知《じんち》を超えた超越的な力のことを指すわけです。宗派によってその考え方はさまざまでしょうけれど、人生のありとあらゆることが自分の努力や頑張りだけによるものではなく、見えない力が常にどこかで自分を支えてくれているのだという考え方です。

僕の感じとしては、「自力即他力」なんです。そういう発想もあるかなと、最近は思うようになりました。――五木

五木　さっきも言ったように、最近「他力の資本主義」などと言われて、経済学者の間でも他力という言葉が使われるようになってきました。つまり、経済は市場原理だけでは動かないのだということですね。自力と他力という考え方は、ひょっとしたら野球に限らず、いろいろなスポーツマンが感じていることではないのかな。

栗山　僕も先生の本をいろいろ読ませていただいて、最初は、自分が感じていることが自力なのか他力なのか、区別がつかなくなってくることもあったのですが、大きなものが僕らを押し上げてくれるというのでしょうか、そんな感覚が実際にあるんです。

五木　一般的には、自力と他力は対立するものとして考えるんですよね。でも、

僕の感じとしては、「自力即他力」なんです。白と黒のように違う性質のものが向き合って、対立し合っているという考え方ではなくて、自力即他力、そういう発想もあるかなと、最近は思うようになってきました。これを「自他一如《じたいちにょ》」と言います。

栗山　なるほど。そういうことを、先生から直接お聞きしたかったんです。たしかに自力と他力は分けるものではなくて、誰かが僕らを手伝ってくれたり協力してくれたりしているなと感じる瞬間、そんな瞬間に何度も出会いました。

五木　しかし、こうしてお話ししていると、野球の監督さんにも時代的な変遷があると、つくづく感じますね。新しいタイプの監督像としては、栗山さんがいちばん特色がはっきりしているよね。

栗山　そうですか。

五木　うん。両者は対立するものではないと考えたほうがいいような気がします。自力即他力。自力の中に他力があり、他力の中に自力があると考えたほうが正しいような気がしますね。野球談義の中でそれを考えるのは、僕にはなかなか難しいけれど。

栗山　すみません。自分が感じているのは、「自分がやっているわけではない」と考えないと、謙虚《けんきょ》でいられなくなってしまうのではないかということなんです。

僕は、人生の中で、いまが初めて、みんなに褒《ほ》めていただいているときかもしれないと思っているのです。これまで野球をやっていて、いつも、よいという評価と悪いという評価が半分ずつありました。ところが今回WBCから帰ってきて、お会いするほとんどのみなさんに「よく頑張ったね」と褒めていただくと、どんどん人間が駄目になっていくような感覚があるんです。こうやって人間は駄目になっていくのではないかと。

五木　それはありますね。そういう感覚が人間にはあります。わかりますよ、おっしゃっていることは。

栗山　そういう感覚を抑え込むために、他力というか、自分がやっているわけではないと思うと、すごく心が平らになる、そんなふうに感じたんです。

五木　なるほど。だけど、普通の世間一般の人たちというのは、自分たちの力を超えた、抜きん出たものに対する憧れがありますよね。栗山さんも、そこであまり反省したり、自分を戒《いまし》めたり、警戒したりせずに、そういう人たちの思いを受けて、そして返す。これも一つの仕事だと思わなければいけないような気がします。

よく、人気に甘えてはいけないと言うではないですか。だけど、人が人気者を求めているとします。そのとき、「人気者」という役割を与えられた人は、それを自分が演じて、そしてみんなの期待に応えてお返しするんだと、そういう形の奉仕だと思えばいいんですよ。

栗山　ははー！

五木　いまの栗山さんは、本当に大変だと思う。そのことで、自分が駄目になっていく感覚とか、あるいは、上《うわ》っ面《つら》の喜びにひたってはいけないと反省なさる気持ちもわかるけれど、そういう役を演じさせられている人間として、ちゃんと演じ切らなければいけないと思いますよ。

栗山　それは、やらなければいけないのですね。

五木　そうですね。だって、僕らも、たまにサインを頼まれたりすることもありますけれど、ちょっと恥ずかしいと思いつつも、やっぱりこれは、そういう役を演じる義務があると思ってサインしています。

　勝者のおごりというか、そういうものを栗山さんがお感じになっているというのは、インテリの強みでもあるし、弱みでもあるという感じがしますね。『知恵の悲しみ』というロシアの有名な戯曲があるのですが、知恵を得た人間は、うれしくて明快に生きていけるかというとそうではなくて、ものを考えたり、不幸を感じたりする、そういうことを知性として持ったために、悲しみとか、さびしさとか、苦痛を感じるものなのだというのです。

　得るということは、得ただけではなくて、何かを失っていることだよね。当然のことながら、僕も若いときからそれは痛感していますよ。でも、栗山さんのいまのお気持ちは、よくわかります。

栗山　先生、ありがとうございます。そうですね、それはちゃんと演じなければいけないし、みんなに喜んでもらえることもやらなければいけない。たまには、ガーッと走っちゃうときも必要なのかなと、いま思いました。あんまり自分を抑え込んでいると、それ以上、壁を越えられなくなる可能性もあるのかなと。

大谷翔平という一人の人間の中に、見えざる力が人間の可能性を指し示している感じがします。——五木

五木 たしか『栗山ノート』に、「強くなりすぎれば必ず折れる」という言葉がありましたよね。大谷選手ご自身はどうなんですか。まさに、いま強くなりすぎている感じがするけれど。

栗山 たしかに、そう言われてみたら、ぜんぜん折れないですね。

五木 折れていないよね。

栗山 大谷翔平は昔から、強くなっているとか、自分が結果を残しているとか、あんまりそういうことを感じていないのだと思います。

二〇一六年、僕ら日本ハムファイターズが日本一になった年ですが、その年は前半からソフトバンクがものすごく強くて、いっときは一一・五ゲーム差ぐらいつけられていました。七月上旬のソフトバンク戦、どうしてもここで三連勝しないと優勝が見えなくなるというとき、僕はアウェイのヤフオクドームで、「一番ピッチャー大谷」という作戦を立てたことがあったんです。

一番ピッチャー大谷だと、一回表の先頭打者として打席に入る。もし出塁して最後に塁に残ると、ピッチング練習をしないで一回裏のピッチャーをやらなければいけない。野球の常識的にはめちゃくちゃな作戦でした。

前の日、翔平に、「明日、一番ピッチャー大谷ね」と伝えたとき、ふつうは、「え、本当ですか？　もし塁に出たらどうするんですか？」というような話になると思うのですが、彼はニヤッと笑ったんです、何も言わないで。そして翌日の試合、翔平はなんと初球先頭打者ホームランを打って、ゆっくり歩いて帰ってきて、ピッチング練習をして、投げたら八回無失点、二対〇で勝つという試合になったんです。

自分がすごいとか、自分がやっているとか、そういう感じではなくて、「こんなだったら、すごく楽しいだろうな」と、いつもそんなイメージをしていて、そこに向かってただひたすら進んでいるという感じなんです。

五木　「おごれる者は久しからず」の、おごりがないんだなあ。

栗山　いつも同じなんです。自分の目指しているものがあって、「結果じゃないんです、これをやりたいんですよ」という考えを持っている。天井が見えないというのでしょうか。ゴールは本人も見えていないところだし、僕も見えていなかった。どこまでも行きそうな雰囲気がありました。

僕は、本に書いたとおりですが、強くなりすぎると折れると思っているのです。でも彼は、強くなっている感じがないんです。

五木　本人にね。

栗山　そういう感じなんですよ。本人に聞いてみないとわからないのですけれど。

五木　大谷翔平という人に、他の人にないものすごい才能があるとしたら、ボールを打つことと投げることではなくて、勝利を続けていながら、まったく本人にそういう感覚がないという才能かもしれません。

栗山　はい、そんな気がします。

五木　僕はたまたま、テレビで、インタビューに答えている大谷選手の姿を見たんです。ソファに座って、膝の上に犬を抱いて、一所懸命頭をなでながらいかにも愛おしそうに答えていたのが印象的でした。いま、彼が本当に愛しているのは、野球であり、犬であり、ファンであると。彼はちょっと、人間離れしたところがありませんか？

栗山　自分がFA（フリーエージェント）になるというのはシーズン中からわかっていて、自分がどのチームに行ってどういう評価を受けるのか、楽しみにしていたのではないかと思います。「お金をいくらもらって」とかではなくて、どんな人たちが、自分に対してどんな評価をするのかを楽しんでいる、僕にはそんな感覚に見えました。ですから、僕ら凡人《ぼんじん》が思っている「強くなりすぎている」という感覚とは、ちょっと違うのかなと見えるんです。

五木　ああいうふうに次々に常識を打ち壊していく存在というのは、さっきの話に戻るけれど、何か他力を感じるよね。大谷翔平という一人の人間の中に、見えざる力が人間の可能性を指し示しているような、そういう感じがします。
最初に大谷翔平というプレイヤーを自分のチームにスカウトしたとき、栗山さんはそこまで感じておられましたか。

栗山　大谷翔平へのロングインタビューを編集したドキュメンタリー映画がアメリカでつくられたのですが、その中で翔平が、先生と同じことを僕に聞いているんです。「僕がファイターズに入るとき、本当に、二つできると思っていましたか」と。

僕には、打つと投げる、二つともできるというイメージはありました。たとえば、昔の巨人で言えば堀内恒夫《つねお》さんと王貞治《さだはる》さん、いまで言うと佐々木朗希《ろうき》と村上宗隆《むねたか》を二人同時に持っているという感覚ですね。間違いなく一人で両方できると。二つがいっぺんに重なったとき、どこまでの試合数をこなせるのかというのは未知数で、実際に試行錯誤ではありましたけれど、打つのも投げるのも能力は抜群と、最初に見たときに「それは間違いない」と思いました。

2012年12月、日本ハムファイターズ監督時代の栗山さん。
大谷翔平選手の入団会見で（写真／共同通信社）

五木　自分たちの思い描いている空想というか、超人的な人間の姿を見るということは、ある意味ではものすごく幸せなんですね。ちょっと、大谷翔平はリアリティがないんだよね。

栗山　たしかにそうですね。

五木　あまりにすごくて（笑）。

栗山　先生、こういうふうに、人間というのは進化していきますよね。特にスポーツの世界はそうです。一人が新しい発想で常識を覆《くつがえ》すようなことをすると、人間はそこに向かっていく。人間って、目標があると、そこに行こうとする、あるいは行くことができるものなのでしょうか。

五木　人間というのは、「ああ、人間というのは偉人だな」と思う瞬間と、「ああ、なんて人間というのは愚《おろ》かしいんだろう」と思う瞬間と、両方ある。いまの世界情勢なんかを見ていると、人間に進歩はあるのかと痛切に感じたりします。

そういうときに、僕らが毎日生きていくうえで、何かの希望がなくてはいけないんですよ。それがたとえば、映画であったり、小説であったり、お芝居であったり、いろいろあるのでしょうけれど、その中でスポーツというものの持っている意味が、いま、すごく精神的な支えになっているような気がしています。

自分だったら体力があるので治せるかもしれない、逆に、「俺でよかった」と思ったんです。——栗山

栗山　先生、それではここからは、僕からたくさんの質問をさせていただきます。よろしくお願いします。

五木　いやいや、こうしてお話ししていると、あっという間に時間が過ぎるでしょう。それが僕は、いちばん大事にしていることなんです。時間を忘れて語り合う、夜を徹して、気がついたら朝になっていたというような。そういう機会は、最近、なかなかないよね。

栗山　そうですね。

五木　栗山さんとお話ししていて、あっという間に時間が過ぎてしまったなとつくづく思うのだけれど、それはすごく大事なことなんです。

栗山　僕が先生の本を読んでまず気がついたのは、「人生の中で最もつらかった時期に幸せの基準をおく」という言葉でした。苦しいときには原点に帰ることがすごく大きかったりするのですか。

五木　そうですね。人間の幸せとは何だろうと思うときがあるのだけれど、過去に、すごく悲惨だったり、苦しんだりした経験を持っていて、それをなんとか乗り越えてこられた人というのは、ある意味で幸せなのかもしれない。

たとえば、仕事で地方へ講演に行ったときなどに、お世辞にも立派とは言えないビジネスホテル以下のところが宿泊先としてあてがわれることがあって、「なんだ、ここは」と思うときがあるけれど、思った瞬間に、僕は、戦後の引き揚げ体験、当時の難民キャンプでの日々をフラッシュバックしてしまうんですよ。そうするとね、「お前、何をそんな贅沢を言っているんだ」と、「ちゃんとテレビもあり、白いシーツがかかったベッドもあり、シャワーと清潔なトイレもある」と。

「引き揚げの日々に比べれば、まさに極楽じゃないか」と思えるのです。

一瞬にして昔に帰る記憶を持っていることは、すごく幸せだと思う。栗山さんたちの世代は、戦後という悲惨な時期を通過していないじゃありませんか。栗山さんは、どういうふうにして自分の切り替えをするのですか。

栗山　いえ、切り替えようとしても、切り替えられないときがありますね。僕は、先生のその話を読んだときに、「ああ、僕らはすごく恵まれすぎたのかな」と思ったところがあります。

五木　ザ・フォーク・クルセダーズのメンバーで、精神科医の北山修《おさむ》さんと対談したときに、「五木さんのように、涙して一片のサツマイモを食べたという経験がないことは、僕らにとってすごく不幸なことです」と言われるので、「何を言っているんですか。それこそ幸せじゃないですか」と応じたんですけれど、彼の言わんとするところは、わかるような気がするのです。

過去にそういうつらい経験があったために、なにかというと、その原点にスッと戻れて、その時代と比べて、「いま、文句なんか出るはずがないじゃないか」

と思い直せることは幸せだと思います。戦後の世代は恵まれた状況の中で育ってきて、そういう体験が少ないことは、ある意味では不幸かもしれません。

栗山さんがいちばんつらかったときは、どんなときでしたか。

栗山　僕がいちばんつらかったのは、テスト生でプロ野球選手になれて、どうにか一軍でプレーできるようになったときに、メニエール病という、前触れなしにめまいがする病気を患《わずら》ったことでした。僕の野球に対する考え方が変わったのは、そのときです。試合中に倒れたりして、最初は、「なんで、俺が」と思いました。練習もできないですし、試合もできない。

五木　誰だってそう思うだろうね。

栗山　何かをやっていると突然めまいがするので、野球よりも、一生仕事ができないんじゃないかという不安のほうが大きかったかもしれません。入院しているときに、たまたま母親が来ていて、僕が寝ていると思ったらしく、知り合いの人と泣きながら、「この子と替わってあげたい」と話しているのが聞こえてきたんです。

五木　お母さんが。

栗山　はい。それが僕にとっては転機でした。自分だったら体力があるので治せるかもしれない、逆に、「俺でよかった」と思ったんです。

野球に関しても、それまでは結果にこだわっていたのですが、野球を思いきりできるだけでも本当に幸せなんだと思えて、そのときからすべてが動き出した感じが、自分ではちょっとしています。

五木　そのときは、スポーツ選手として存立の危機のようなものを感じるわけだよね。

栗山　ええ。とても野球なんかできないですし、普通の生活さえもできない感じだったものですから。でも、いま思うと、その病気に罹ったのはすごくよかったなと。あのときに比べれば何でもできるという感じはあるんです。

五木　どのぐらいの期間で、その状況を抜け出すことができたのですか。

栗山　野球が二か月やれなくて、戻っても、また病院を行ったり来たりするのですが、復帰するまでだいたい二年ぐらいでしょうか。ただ当時、治ったとは言っていましたけれど、休みの日にめまいで倒れたりするので、それを隠しながらやっていくしかありませんでした。本当に気にならなくなったのは、最近ですかね。

五木　そうなんですか。僕のイメージからすると、栗山さんは、野球選手の中ですごく繊細に感じるんだね。プロ野球の選手というのは、みんな身体が大きいですよね。はじめて長嶋茂雄さんに会ったときに、フィールドで見ているとそんなに思わなかったけれど、並んでみて、「この人はこんなにでかいのか」とびっくりしたことがありました。体力的に抜群な人が多いでしょう。そういう中で、持病を抱えつつ生き抜いてくるというのは、すごく大変だっただろうと思うね。

栗山　先生の本にも書いてあったと思いますが、戦争で本当に大変な時期の子どもたちというのは、意外と強く頑張れたのでしょうか。そしてその経験が、大人になっても生かされたりすることがあるのでしょうか。

五木　貧乏自慢という言葉もあるけれど、自分の苦労した自慢をするのは、僕はすごくいやなんです。だけど、極限状態まで落っこちたときの記憶が残っているというのは、すごく幸せだなと思いますね。反射的に、「あのときに比べれば」

というふうに思える。感謝というような偽善的《ぎぜんてき》なものじゃないけれど、「あのころに比べれば文句なんか言えた柄《がら》か」と、ふっと、わりと気軽に戻ることができる。これはもう、自分の持っている財産だなと思うときがあります。

野山に寝て、徒歩で三十八度線を越えてという、自分の記憶が財産ですね。――五木

栗山 先生たちの時代は、子どもたちがいろいろなものを暗記して、詩や歌などもみんなが知っていましたよね。子どものときに覚えたものがすごく多くあったと思うのです。最近、そういうことがなくなってきてしまっている気がします。その点について、先生はどうお考えですか。

五木 子どものときに暗記したことは、刻印《こくいん》されたような感じで消えないものです。それは、僕にとってはすごく厄介《やっかい》なことなんです。僕らの小学生時代という

のは戦争中ですから、教育勅語《ちょくご》をはじめ、いろいろなことを暗記させられるわけです。それを、原文どおりにちゃんと書き写しできないと、先生に叱《しか》られるというような時代でね。ところが、そのころ記憶したものは、ぜんぜん消えないでいまでも残っている。邪魔《じゃま》でしょうがないんですよ。こんなものが入っているから、新しい知識が入らないのだと（笑）。

新人作家のころ、先輩方との宴会があってそこに参加したときに、「何か芸をやれ」と言われて、仲間の連中は、上手に歌ったり踊ったりしていました。ところが僕は、芸と言えるようなものが何もない。仕方がないから、「海洋少年団にいたときの手旗信号をやります」と言って、手旗信号をやりました。もう、みんなしらけていて、まったくウケませんでした（笑）。でも、子どものときに覚えた手旗信号を、身体で覚えちゃっているのですから。

栗山　いまでもできるのですか。

五木　ええ。手旗信号と、「ト・ツー・ト・ト・ツー・ト・ト」というモールス符号も、いまでもはっきり覚えています。当時の仲間と、カンニングに使えるよ

1988年、レニングラード（現在のサンクトペテルブルク）の
ドストエフスキーの書斎に立つ五木さん

と冗談で話したことがありました。ずっと残っているんです。おそらくそれは、マイナスではあるけれど、財産であると思うときもありますね。

栗山　先生、次の質問をさせてください。先生の場合は、作家としてデビューしていきなり大きな賞をもらわれて、ところが、すべてを捨てるとは言わないかもしれませんが、いったんそこから離れられましたよね。二度休筆された。表現は悪いのですが、いちばん売れているというか、みんなから必要とされているときにそれを捨てて、京都の龍谷《りゅうこく》大学の聴講生になられたりした。この感覚が、僕はとても意味のあることなのではないかと思ったりするんです。

五木　自分で計画的にやっているわけではないし、べつに信念があってやっているわけでもないんですよ。ただ、ときどき、ギアチェンジをするというか、自分が生きてきたいままでのことを投げ出して、何か新しいことをしたいという気持ちが抑えられなくなることがあるんですね。

たとえば、転居というのがありますね。住んでいるところを変える。僕は、九州に住んで、それから昔の植民地に住んで、東京に来て、金沢に住んで、横浜に来て、と住むところを変えてきました。やっぱり、生きていく環境を変えるということも大事だと思うんです。

いま、栗山さんは北海道にお住みなんですね。

栗山　はい、北海道の栗山町というところです。

五木　そういうふうに、何か自分を外側から変えていく。僕のこれまでを考えてみると、休筆とかもひっくるめて、ずいぶんチェンジしてきたなと思うときがあります。投げ出すわけではないんですけれど、いま自分が得ているもの、そういうものが「虚妄《きょもう》の城《しろ》」だという感覚が抜けないところがありましてね。一から出直してやっていこうと思うのです。

これもね、ふっと、他力のなせる技だと思うときがあります。自分で努力して「こうしよう」と思わなくても、なるときはなるんですよ。栗山さんがいま北海道に住んでいらっしゃるという話を聞いて、ご自分でいろいろな計画がおありだったと思いますけれど、計画を立ててそれを実行するということも、根源のところは自力ではないなと思うのです。

栗山　そうは言っても、先生、捨てるときに怖くないですか。「次、どうなっちゃうのかな」というのは、あまり考えないのですか。

五木　それはやっぱり、人間は本来無一物《むいちもつ》という感覚かな。僕は、あんまり怖くないですね。敗戦後、本当にその日暮らしの生活を続けてきましたから、寝るところがなくてもなんとかなると思っています。

僕は、九州から上京してきたときには、なんのあてもなく来たんです。実際、しばらく寝るところがなくてね。ちょうど、四月か五月でしたから、そんなに寒くなかったので、大学の近くの神社の床下に潜り込んでしばらく暮らしたんです。ホームレス大学生というやつですね(笑)。そんなことを考えるとね、はっきり言って、だいたいなんでもないですよ。

栗山　住むところがなくても、大学だけはそこから通う感じだったのですか。

五木　アルバイトをやっていたものですから、しょっちゅうは通えないんですけれども、ときどきは通っていました。結局なかなか両立しなくて学生をやめます。僕は「大学を横へ出た」と言っているんですが(笑)。

そう考えてみると、敗戦が、僕にとってはいちばん大きな契機でした。野山に寝て、徒歩で三十八度線を越えてという自分の記憶が財産ですね。いま、目の前のものが何もなくなったとしても、「まあ、いいか」という、ニヒリズムというか、そういう感覚がいつもつきまとっているものですから。

栗山　価値観というか、すべてがいっぺんにひっくり返るわけですよね。それって、われわれは経験がないのですけれど、想像を絶するようなものですよね。

五木　これまでの支配者が侵略者に変わって、今度は追放者になるわけですからね。それはもう、人間の立派なところも、空恐ろしいぐらいの醜《みにく》いところもみんな露呈《ろてい》した中で、短い時間でしたけれど何年か過ごしたということは、なんとも言いようがないですね。ですから、栗山さんにとってのメニエール病というのは、一つの大きな体験だと思いますよ。

栗山　あのときは、神様を恨《うら》むというか、「なんで、僕だけ野球をやらせてくれないんだ」と思いましたけれど、いま考えると、すごくそれが大きかったと思えますね。

自分は自分でいいんだと、生きているだけでも価値があるんだよと思い切って伝えられるようになったんです。
――栗山

栗山　先生は、言葉や文章でいろいろなことを伝えていらっしゃるわけですが、先生の書かれているものの中に、「体験を人に伝えることは難しい、実際に同じ体験した人にしか伝わらないのかもしれない」というようなことが書かれていて、そうなのかもしれないと、ふと思ったんです。人に伝えるって難しいことですね。僕も、体験としてそう感じたことがあるんです。

五木　何かやっぱり、希望はもちろん大事なんだけれど、絶望の深さというのも大事な気がするね。栗山さんもいろいろな人と接し、監督というお仕事をなさっていたら多くのプレイヤーと日常接するわけでしょう。そのときに、自分の正義が通じることもあるかもしれないけれど、通じなくてもおかしくないということです。これは、普通のことだと考えていたほうがいいような気がしますね。僕は、人間同士はなかなかわかり合えないものだと思っています。だからこそ、ちょっとしたコミュニケーションがあると、すごくうれしいわけ。

栗山　僕も経験上、監督である僕の言っていることがほとんど通じないと思ったほうがいいと思いました。たまに伝わったときにうれしかったので、それでいいのでしょうか。

五木　こうしてはじめて栗山さんとお目にかかって、お話をするでしょう。こういうふうに知らない人間同士が出会って、短い時間でもいろいろなことを話し合って、そして別れる。それだけでもすごく大事なことだと思うんです。僕はそれが好きなんです。

ですから、僕は原稿を書いていますけれど、今日のような対談をいちばん大事にしているんですよ。この間、寝る前に、何人ぐらいの方と対談したのだろうと思って一人一人顔を思い浮かべて数えてみたのですが、七百何十人かまでいって、あとが数えられなくなってしまった（笑）。

栗山　そうですか。

五木　週刊誌で対談のホストをやったり、ラジオでゲストを毎週招いたりしていたものですから、実際には千人を超えているかもしれません。

今日はこうして栗山さんと話していますが、初対面なんですよね。

栗山　はい。

五木　初対面だけれど、もう本当に、田舎の小学校の同級生みたいな感じでお話ができるということは、奇跡的なことだと思うんです。人間の出会いというのは、十年付き合ってもわかり合えない人もいるし、一時間話して意気投合できることもあるし、そういうものだと思いますよ。

少し話が変わりますが、僕は「別れる」ということに対してきっぱりしようといつも思っているんです。僕は六十五歳で車の運転をやめたんです。それまで、車にすごく執着《しゅうちゃく》するところがありまして、車の小説もたくさん書きました。大きな自動車会社のテストの仕事を引き受けていた時代もあって、かなり打ち込んでやっていたんです。五木レーシングというチームをつくって、マカオグランプリに出場したこともありました。
車の運転を六十五歳でやめるということは、自分の人格がこれで終わりというぐらいのさみしさがあったのですが、別れるときはそういうものだと思ってね。でも、それから一年ぐらい、気が抜けたみたいでしたね。

栗山　それは、六十五歳になって自分の思ったような運転ができないから、好きだからこそやめるという感じですか。

五木　僕は鈴鹿《すずか》サーキットのコースで走ったりしていたものですから、いつも走っているコースの下りのカーブを曲がるときに、自分の予定していたラインから何センチかずれるという感覚があると、「ああ、これは駄目だな」と思うんですよ。それとね、上瞼《うわまぶた》が年を取ると下がってくるんです。そうすると上方視界が制限されて、遠くの信号は見えるけれど、一番手前の信号はいちいち顔を上げないと見ることができなくなる。そういう身体的な能力が衰えてきたということと、運転感覚が鈍くなっているということが、ちょっと許せなかったんですね。
飼っていた犬が死んじゃったとか、そういう別れがあるじゃないですか。僕の場合は、敗戦と同時に身内を亡《な》くしたりするなど、いろいろありましたから、出会ったものとはどこかで別れなければいけない、得たものは必ず失わなければいけない、という感覚が身についているところもあります。別れるということは、すごく大事なことです。

栗山　大事なことなんですね。

五木　自分のいまいる場所とか、地位とか、名誉とか、いろいろなものがいっぱいあると思いますが、別れるということは、そういうものを捨てることですからね。偉そうに言うけれど、本来、人間というのは無一物ですから。

栗山　先生の本を読んでいると、僕はそこに、学びの言葉を見つけたり、新たな考え方を得たりするのですが、それとはべつに、「あ、俺、生きていていいんだ」と思えるときがあるんです。僕は監督をやらせてもらっていますけれど、僕みたいにそんなに能力があるわけではない人間でも、一所懸命やって、それでいいんだと許してもらっているような感覚です。先生の本を読んで、そう思える人がいっぱいいるのではないかなどと勝手に思っています。

五木　おっしゃるとおりだね。栗山さんは、すごくいいところを見ていると思います。僕にはね、「まあ、いいんじゃないの」という感じがあるんだ。はたから見て無残《むざん》な生き方をしようと、哀《あわ》れな生き方をしようと、「まあ、いいんじゃない」と。これは向上心がないと言えばそういうことになるかもしれないけれど、僕はそれでいいと思っています。人間というのは、うまくいく人も、いかない人もいるけれども、「まあ、いいんじゃない」とね。いま生きているわけですから、そのことを大事にしてやっていけばいいんです。

栗山　僕は先生の本を読んでから、中学生や高校生と話していて、自分は自分でいいんだと、生きているだけでも価値があるんだよという話を、思い切って伝えられるようになったんです。

五木　生きているだけでも意味があるというのは、僕がいつも、講演するときに話すテーマなんです。「努力しないで生きては駄目じゃないか」と叱られたりするけれど、いまの世の中は、つらい思いをして生きている人のほうが多いですからね。

その人に合ったやり方というのでしょうか、それを見つけていかないといけないということですね。――栗山

栗山 もう一つ、先生にどうしてもお聞きしたいと思ったものがあります。僕にはすごく大きなテーマがあって、先生の本でストンと落ちたんです。というのは、僕は監督なので、選手たちに「頑張れ、頑張れ、努力してうまくなれ」と、煽《あお》るというか、なんとかしてあげたいので言うわけです。

ところが先生の本を読んだとき、努力というのは一つの才能で、努力できない人がいるんだと書かれていました。僕はそれまで、むりやり一辺倒《いっぺんとう》なことをやらせようとしていたなと、それぞれにうまく風を送ってやらなければいけないと、一度考え直したことがあるんです。そのとらえ方で間違いではないですか。

五木 それは正しいと思います。人間にはね、大きな人も、小さな人も、太った

人も、痩《や》せた人も、いろいろな人がいる。それと同じようにね、努力というのが好きな人がいるんです。努力をすることに生きがいを感じて、努力できる人。それはそういう人。僕らの九州の言葉で「たち」と言います。もともと性格という意味なのでしょうけれど、これはもう致し方ないものだと思いますよ。

古来、英雄伝と言われるものがあって、それまでの自分を越えていく、そこにチャレンジすることが英雄伝説なんですけれど、越えようと思う人と、越えなくていいと思う人がいるんでね。あんまり厳しい目で人を見てはいけないという感じがするときがありますけど。

栗山　尻《しり》を叩《たた》けば前に進む、そういうものではないのですね。

五木　僕は子どものとき、「本を読んではいけない」と言われていました。目が悪くなるし、立派な軍人になれないということなんだけれど、隠れて蒲団《ふとん》の中で読んでいましたからね（笑）。好きなことというのは、「駄目だ」と言われてもやるんですよ。「読書週間だから本を読みましょう」と読書指導なんかされても、読まない子は読まない。僕は、世の中というのは不自然なものだと、最初から考えているのです。そんな冷たいことを言っては駄目かもしれませんが、これは仕方ない。

栗山　その人に合ったやり方というのでしょうか、それを見つけていかないといけないということですね。昔みたいに一辺倒に、「とにかくやれ」というのは違うと、先生の言葉で気がついた瞬間だったんです。

五木　それに、人生には「運」というものもあるじゃないですか。運を呼び寄せるとか、運を切り拓くとか、そういう励ましの言葉もありますけれど、なかなか難しいよね。自分は少なくとも、不運と幸運と重なり合って生きてきて、幸運のほうが少し多かったかなと思っています。これも、他力と通じる話かもしれません。自力と他力ということを栗山さんのように考えることは、ものすごく貴重なことだと思います。

栗山　それと先生、もう一つお聞きしたいことがあります。僕らが子どものときは、鼻水垂らして枝から落ちたとかそんなことばかりやっていて、みんなが一所懸命生きている感じの時代だったと思うんです。ところがいま、子どものまわりで、自殺者が増えるなど、いろいろなことが起こっていますよね。昔の大変だった時期のほうが、生きる力というか、みんなが目一杯に走っていた感じがします。それに比べて、「いまは、大丈夫なのかな」と、ふと思ったりすることもあるんです。

五木　それはありますね。だけど、そうは言いながら、僕は、人間は進歩しているのかということに対しての疑問があるんです。たとえば、戦争は、言うまでもなく、本当に世界の悲劇です。でも、歴史の中では「合戦《かっせん》」という言葉を使うじゃないですか。「壇《だん》ノ浦《うら》の合戦」とか「鵯越《ひよどりご》えの逆落《さかお》とし」とか、美談として語られてきた一面がある。関ヶ原の合戦なんかもそうだけれど、あれは戦争だよね。一方で戦争の悲劇を語りながら、一方では時代劇で、勇壮闊達《ゆうそうかったつ》な合戦の場面を長々とテレビで流したりしている。これはどうなんだろうなと。

たしかに、装いというのは進歩していますし、社会の進歩もあるし、人間の知性も進歩しているのかもしれない。人間は相変わらず、愚行《ぐこう》を繰り返しつつも少しずつ進歩して生きているというけれど、それでもなお、いま人間は、なかなか難しいところに来ていますね。それはもう、ため息とともに語らざるを得ないところです。

できるだけ人は、他人と接する機会が多いほうがいいような気がしています。 ——五木

栗山 先生はたくさんの人にお会いして、いろいろな人と話してきたことが、自分をつくるうえで大きかったとおっしゃっていますね。本を読むときには、「鵜《う》呑《の》みにするな」とよく言われます。自分で考えながら読んだほうがいいと。では、人の話を聞くときはどうなのでしょうか。人と話しているときは、そういうことはあまり考えなくていいのですか。自然に話をして「ああ、楽しい時間を過ごした」と、そこから学ぶという感じでいいのでしょうか。

五木 あんまり生真面目《きまじめ》に考えて、その人から学ぼう、その人から何かを吸収しよう、教わろうと考えなくていいと思いますよ。人間というのは、しゃべったり、

お茶を飲んだり、よそを向いたりしている間にも、その人間の発散している雰囲気というか、空気のようなものがあるものです。そういうエネルギーが、言葉とはべつに、お互いに交流しているものなんですよ。

今日は、こうして僕たちの間にプラスチックの板を挟《はさ》んで、栗山さんとお話ししていますけれど、それでも、栗山さんと僕との間に見えない何かが流れているわけだから。言葉にならない言葉というのがあると思いますよ。栗山さんはものすごく向学心があるし、勉強熱心だから、僕は感激するんだけれど。

栗山　いえいえ、本当にいろいろお聞きしてすみません。

五木　言葉少なく、「うん」とか「ああ」とか言っているだけでも、僕は、人といること、誰かと一緒にいるということはいいことだと思います。それは、動物とでも感じることがありますね。

栗山　先ほど、「情報」についての話がありましたけれど、僕は、仲のよい信頼している人たちと話をしていると、どんどん情報が、つまりその人の思いのようなものが入ってきて、「これはどうなんだろう」と一瞬、身体が感じてしまうときがあるんです。そんなことがあったものですから、人と話すとき、どういうスタンスで聞いたらいちばん自然なのかなと思ったのです。

五木　先入観を持たないということは大事ですね。アンコンシャス・バイアス、「無意識の偏見」という言葉がありますが、人間というのは誰しもそういう気持ちを持っているものなんですよ。ところが、人と会ってお話をしている間に、どんどんその壁が消えていく。一緒に時間を共有して、お茶を飲んでいるだけでも違うんだね。できるだけ人は、他人と接する機会が多いほうがいいような気がしています。

年がちょっと上だというだけで、偉そうなことをいろいろ栗山さんに向かって言っていますけれど、栗山さんの熱烈な向学心は、本を拝見していても思うんです。よけいなことを言えば、もう少しいい加減でも、もう少し適当でもいいんじゃないかと。求道者《ぐどうしゃ》の面影があるもの、栗山さんには。

栗山　先生、僕は、本当にダメダメ君だったんです。僕の現役時代、将来僕が監督になると思った野球人は、たぶん、誰一人いなかったと思います。たまたま野球が好きで、一所懸命やっていて、チャンスをもらって、監督をやらせてもらって、いまに至るのですけれど、僕はコンプレックスしかないんです。いまでもそうなんですけれど、自分が一人前になれたものは何もないんです。いつか一人前になりたいという思いがすごくあって、おそらく、そこにガーッと走ってしまう系なのかもしれません。

五木 栗山さん、コンプレックスなんて持つ必要は何もないよ。あなたは、本当に求道的なんだよ。昔で言うと修行僧というか、そういう面影がある。熱心に、先輩に対して問答を仕掛けてきて、そこから吸収しようとなさっているけれど、そのうちに栗山さんは、どっちかというと受け手になるわけだからね。

栗山さんの、スポーツマンとしての一面と違う、求道者的青年の一面を見て、非常にうれしかったです。——五木

栗山　でも、先生、もうちょっといいですか。
　先生が百のお寺を巡っていらっしゃるとき、たしか山梨県の久遠寺《くおんじ》のときだったと思いますが、本堂に続く三百段近い階段をのぼるシーンがありました。先生は最初、「迂回路の坂を行ってもいいんだよ」と思いながら、途中からは「とにかくのぼりきることが大事だ」と、頭の中をからっぽにしながら階段をのぼりきりました。あのとき、先生はどういう感覚というか、なぜ最後までのぼりきることができたのでしょうか。
五木　あれは、ちょうど僕が七十代に足を踏み入れたころ、二年かけて日本各地の百寺を巡拝《じゅんぱい》しようという、「百寺巡礼」と銘打った企画でしたが、本当に百のお寺をまわると、最後のほうはもうフラフラでした。
栗山　はい、身体はそうなりますよね。
五木　なかなかね、百のお寺をまわるというのは、簡単ではないんですよ。これもいま考えてみると、他力を感じますね。あの時期、あの年齢のときに、そういう機会を得たということは、「自分が行った」というのではなくて、「招かれた」

のではないかと思うときがありますから。

栗山　僕が野球をやっていたときもそうなんですけれど、心のあり方と身体というのは、リンクしてしまうことがありますね。

五木　本当にそうですね。世の中というのは、わからないことが山ほどある。そう思います。それをまことしやかに説明しようとするんだけれど、やっぱり、不思議としか言いようのないことがあるでしょう。ＷＢＣの結末を見ていても、あんな不思議なことが、現実に計算して起こるということはないよね。あれは、あなったとしか言いようがない。

栗山　本当にそうですね。大会のずいぶん前から、「大谷翔平とトラウトの対決を見られるのですか？」という質問がけっこうあったんです。当時は、「いや、そんなもの、計算して仕掛けても絶対に無理だから」と思っていたので、笑って流すぐらいしかできませんでした。ところが、まさか、ああいう状況になるとは。

五木　最終回の、最後の最後にね。あれは本当に、すごかったとかいうより、不思議な試合でしたね。そういう機会を体験するというだけでも、栗山さんは何かをもらっているというか、うらやましいと思います。

栗山　僕は、人に恵まれて、運に恵まれたというしかありません。野球のおかげでこういう経験をさせてもらったので、僕はもう一度、大谷翔平のような、それは二刀流でなくても、いままでと違うタイプの選手をつくりたいと思っています。単純にみんなが喜んでくれる、「彼のことは見てみたい」と思われるような、そんな選手をもう一度つくりたいと、最近すごく思います。

五木　それはすてきな野心だね。何か自分のやりたい目標があるということは、すごく幸せなことなんだよね。いまの日本人、とくに若い世代に対しての批判がいろいろありますけれど、自分たちの青年時代を考えてみると、そんなことを言える立場じゃないんだ。あのころ、なんとか自分で世の中を渡っていけるようになっただけでも上出来だと思っていましたから。考えてみると、恥ずかしいことばっかりですよ。

栗山　先生、僕も反省しました。たしかに、僕らの若いころは、自分が楽しいことしかしていなかったですからね。監督の立場になると、若い人たちに何かものを言わなければいけないかなと、ふと思ったりするのですが、もっと自然に向き合って若い人たちを信じていく、そういったことも大事なんですね。

五木　だいたい、人に生き方を説いたり意見を言ったりするということ自体、なんというか、すごく恥ずかしいことなんだよね。自分のことで精一杯なのに。栗山さんから、いろいろ大真面目にものを聞かれても、僕は本当に、どうしていいかわからないもの。

栗山　先生には、本当にたくさんの聞きたいことがあったので。僕は今日、むりやり聞かせていただきました。

五木　いやいや、僕は、栗山さんの、スポーツマンとしての一面と違う、生真面目な求道者的青年の一面を見て、非常にうれしかったです。

栗山　本当にありがとうございました。これからも、ぜひ、ご指導をよろしくお願いします。

五木　ありがとうございました。

第二部

対話とは「人を読むこと」——と私は思っています。

2024.1.30　東京芝公園・東京プリンスホテルにて

……人と語り合うことで、人知れず背負っていた
心の荷物だったり、意図しない感情であったり、
自分一人では気づけなかった無意識の領域が
ほろりと表に出てきてしまうような対談が
上級といえるのではないでしょうか。
意識だけで対談するのでなくて、
対談をしたことではじめて、無意識の領域、
つまり自分が忘れていたこととか、
気がつかなかったことをお互いにそこで思い出す、
それこそが対談の醍醐味《だいごみ》だと私は思います。

—— 五木寛之『人生のレシピ 幸せになる聞き方・話し方』より

栗山　先生、本日もどうぞよろしくお願いします。

五木　こちらこそ、よろしくお願いします。まず、先に写真を撮ってしまいましょうか。

昔ね、あるコレクターのところへお邪魔したときに、秘蔵の日本画を見せてもらったんですよ。その人が、「実は、あまり人にお見せしないようにしているものですから」と言うから、「でも、美術品は見てなんぼのものだから、隠して、自分だけで持っているのはおかしいんじゃないですか」と、ちょっと生意気《なまいき》なことを言ったら、「われわれの間には『目垢《めあか》が付く』という言葉があって、いろいろな人たちに見られるたびに、作品に目垢が付くのです」と言うんです。失礼な言い方だなと僕はそのときムッとしたんですけれどね。そういう言い方が専門家の間ではあるのだそうです。

栗山　「目垢が付く」ですか。

五木　同じように、ずっと写真を撮られ続けていると、レンズ垢というのが付くんですよ。

栗山　ははー！

五木　写真慣れしてきて、「適当に撮ってください」みたいな感じでふてぶてしくなってしまうのだけれど、これはやっぱり目垢が付くことなんだね。写真を撮られるときは、十年経っても、三十年経っても、生まれてはじめて写真を撮られているような新鮮な気分で撮られないと、写真にそれが出る。「この写真にはずいぶん目垢が付いている、レンズ垢が付いている」と、僕はいつも反省するんです。

栗山　僕らも、無意識に慣れてしまうときがあります。

五木　むしろカメラを意識しないと駄目なんだね。

栗山　そうなんですね。

いい選手ほど、観客のエネルギーを生かせるというのでしょうか、集中して力が発揮できていると思います。　――栗山

五木　野球のプレイヤーも同じで、誰も見ていないグラウンドで、練習で試合をしているときと、四万、五万という大観客が注視している中でのプレーというのは違うじゃないですか。

栗山　そうですね、ぜんぜん違いますね。

五木　つまり、実際の力が十だとしたら、そういうとき、ひょっとしたら十二、十三ぐらいのものが出るかもしれない。プロとアマチュアの違いはどこなのだろうと考えたことがあったけれど、観客を意識しなくても自分がアスリートとして万全を尽くすのがアマチュアで、やっぱりプロというのは、お客さんと一体になってやっているという気がします。ファンや観客のエネルギーを借りて、自分の持っている力以上のものを出す。ありますよね、そういうことが。

栗山　はい。いい選手ほど、観客のエネルギーを生かせるというのでしょうか、集中して力が発揮できていると思います。WBCでもそうでした。

五木　僕も、決勝戦の最後の場面を見ていて、あのボールは、大谷翔平が投げたというよりは、本当に、日本中の野球ファンがみんなあのボールを期待して、その力で投げさせたという雰囲気がありましたね。

栗山　本当にそうだと思います。

五木　あのとき、テレビを見ていたお客さんたちが日本の各地でいっせいに歓声を上げたのは、素晴らしいプレーを見たということだけではなくて、自分も参加しているからなんですよ。「俺はやったんだ」という気持ちも、見ている人たちの間にものすごくあったと思うのです。

政治のことを「まつりごと」と言いますけれど、スポーツもやっぱりまつりごとでね。国とか、国民とか、そういうものとどこかで一体になって触れ合うところがあるから、ギリシャ・ローマ時代以来、スポーツがみんなに関心を持たれるのだろうと思いましたね。

栗山　なくなっていないですからね。

五木　だからそれを悪用すると、一九三六年のベルリンオリンピックのように、ナチス政権化のオリンピックを国民的な熱意のもとに成功させて、民衆の一体化ができてしまう。ですから、スポーツの力というのは大きなものだなと、今回の

第二部

対話とは「人を読むこと」
——と私は思っています。

WBCでは、つくづく思いましたね。

栗山　そうですね。悪用しようと思ったら、方向性というか、大きな流れを誘導することもできてしまいますね。

この前、決勝で大谷翔平のボールを受けていた中村悠平《ゆうへい》捕手といろいろ話したのですが、「最後のボールは、本当に、バッターにぶつかるかと思った」と言っていました。それぐらい曲がったらしいんです。

五木　曲がったね。テレビを見ていても、それはすごくよくわかりましたよ。水平に曲がったような感じがしたぐらい、スッとスライドしましたから。誰が演出するんだろうと思うぐらいのことが、現実にあるんですね。あの場面で、あのピッチャーとあのキャッチャーで、しかも、あのバッターで。ほんとに歴史に残る試合でしたね。

栗山　本当に、先生が言われるとおり、誰かがストーリーを描いてくれて、僕らはそれに乗っかって一所懸命やったときに、それをまた誰かが手伝ってくれている感じというのでしょうか。本当に、そうでなければ、あんなことは起こらなかった。
五木　スポーツはやっぱり、まつりごとというか、国民、民衆の大きな夢と希望を託す仕事ですからね。

選手の相談に乗れるのは、栗山さんご自身が、病気などの問題と戦って、そこを乗り越えてきたからですね。——五木

五木　ところで、監督という仕事は、野球の技術面だけではなくて、選手一人一人の生き方や暮らし方、そういうことまでも干渉するのですか。
栗山　「ああしろ」「こうしろ」と指図はしませんが、その選手がいまどういう状態なのかを、徹底的にこちらが調べることはあります。本人が、なかなか本当のことを言わないケースもあるので、いまどういう環境でいるのかということを、その選手を生かすために、こちらが徹底的に知る作業をするというのでしょうか。

ただ、選手が若いときは「これは駄目だね」と言うこともありますけれど、なるべく相手の話をよく聞きながら、それに折り合いをつけて、「こうしたらどうかな」と、提案をしてあげるという感じですね。

五木　昔は、選手にとっての監督というのは、ときには君主であったり、ときには父親であったり、先輩であったりしたようですが、選手側から個人的な相談を受けることはあるのでしょうか。

栗山　僕たちが選手のころは、とても監督に相談なんてできませんでしたが、僕が監督のときには、選手が夜、僕の部屋に来たことがありましたね。「え、そんなことがあるんだ」と最初は驚きましたが、いまは比較的、監督と選手の距離が近いかもしれません。「こういうことで悩んでいるんです」とか、「僕、苦しいんです」ということをわかってほしくて、話を聞いてほしいのだと思います。

五木　選手が監督とそういう話をする機会は、コーチを間に置かずにできるものなのですか。

栗山　基本的にはコーチが間に入るんですけれど、選手が困ったときに寄り添ってくれるコーチがいてくれるときはいいのですが、そうとも限りませんから。

五木　技術面だけのコーチもいるでしょうからね。家庭の問題とか、結婚の問題とかそういう話になると……。

栗山　そうですね。離婚の問題とか、そういう話は僕が入ってしまうケースが多いかもしれません。そういう悩みがいちばん、野球に影響を与えてしまいますから。技術的な問題は「自分でやりなさい」という感じですけれど、女性問題とか、お子さんの問題とか、そういうときは、野球に集中できる環境にするために、ちょっと入らせてもらいますね。

五木　スポーツ選手にも、決断のときというのがあるのではないかと思うんです。それが野球のことであれ私生活のことであれ、自分の一身上のことで決断しなければいけないときに、それを相談できる監督というのは、なかなか稀有《けう》な存在なのではないでしょうか。

栗山さんは、わりとそれが、選手の側からしやすいタイプなんじゃないかと思います。たとえば、星野仙一《せんいち》さんや野村克也さんのような、いわゆる大監督と言われるような人たちに、「自分はあの娘《こ》が好きなんです」というような話をしたら、「お前、そんなことより野球を一所懸命やれ」と言われそうな気がして、相談なんてできないですよね。

　栗山さんの監督と選手の関係は、フレンドシップのようなものがどこかに感じられて、これが新しい監督像なんだなというふうに思って拝見していました。

栗山　ありがとうございます。もちろん、全員の選手が来るわけではないのですけれど。ただ、こちらも探っているんです。「何かこの選手の動きがおかしい」と思ったら、実は結婚について迷っていたとか。

　ですから、こちらから探りを入れて手を入れたほうがいいと判断したときには、なんとなく聞いたりします。そうすると、「いま結婚を考えているんです」「だったら早く身を固めたほうがいいよね」という話になったこともありました。たしかに、時代が変わってきているかもしれないなと思います。

五木　しかし、そういうときに相談に乗れるのは、栗山さんご自身が、病気とか、いろいろな問題と戦って、そこを乗り越えてきたからですね。ずっと順風満帆《じゅんぷうまんぱん》で、学生時代から恵まれて、華やかな光に包まれて大選手になって監督になったという人には、ちょっと難しいような気がする。やっぱり、人生の苦難というか、そういうものを体験していればこそ、野球監督が務まるのでしょう。僕は、監督と選手の関係というのは、ある意味で非常に関心がありますね。

栗山さんが、一人一人の選手の心理にまで分け入って監督をなさっている姿を拝見して思うのですが、スポーツだけではなくて、政治や文化的な問題にしても、いま、新しい局面に入っていきそうな感じがしているんですよ。物事が大きな変化をするときというのは、階段を上がるように一段一段とは行かないと思うのです。ブロック的というか、五段ぐらいポンと上がって、それからまた七段上がってというふうに。

栗山　一段、二段、三段、四段とは行かないのですね。

五木　何か、バーンと飛躍するというか、前のものが壊れるというか、段階的には行かないんだと思ってね。古い言葉で言えば、それを「革命的」という言い方をしたかもしれません。どんどん水が貯まっていって、臨界線《りんかいせん》までいって一気にあふれるという感じでしょうか。変化というのは、そういうふうにして起こってくるものだなと。今回のWBCは、日本の野球界の、破壊と躍進の大きなきっかけだったと思います。

野球は、個人戦と団体戦の両方の要素を持っているんです。それが日本人に合っていたのかなと思っています。

——栗山

五木　それで、ぜんぜん違う話ですけれど、アメリカ人にとって野球は国技なんですか。

栗山　もともと国技だったと思うのですが、いま、アメリカの野球も過渡期に来ているようです。アメリカンフットボールやバスケットボールにちょっと人気が押されているのは事実です。アメリカも、野球の改革をするためにいろいろな手を打っていますね。ただ日本に比べると、アメリカの野球の浸透度は、まだかなり高い感じは受けますね。

五木　僕はね、この前のＷＢＣを見ていて、野球のこれからの方向として可能性が感じられたのは、いろいろな国が参加していたことです。「あれ？　この国でも野球をやっているのか」と思うぐらい。

栗山　はい、そうです。

五木　あれは非常に興味深いところがありましたね。これから伸びそうな外国というのは、どういうところがありますか。

栗山　ＷＢＣが終わってから、僕はチェコに行ってきたんですけれど、ヨーロッパの野球は下火《したび》なのかなと思ったら、むしろ少し前に進んでいる感じを受けました。

五木　テレビでいろいろな国のファンが熱狂しているのを見て、これは、その国の野球好きがプレーしているだけではなくて、ファンも含め、野球の地盤というものが少しずつ広がってきたのかなという感じがしたんです。野球のおもしろさが、これから伸びていくアジア地区の国々をはじめとして、伝わっていくといいですね。

栗山　本当にそうですね。野球は道具も多いスポーツなのでちょっとお金がかかりますし、日本の野球も過渡期に来ています。野球をやる子どもたちの数が少なくなってきているので。正直言って、僕らは何に手をつけたらいいのだろうと、すごくわかりにくくなってしまっている状況ではあるんです。

五木 先日オーストラリアを旅行したときに、レストランなどのお店に飾ってあるのは、圧倒的にクリケットの選手のポートレートなんです。野球の場合は、国民性として、アメリカや日本に向いているところがあるんですかね。どうなのでしょう。

栗山 これはすごく僕の個人的な感覚ですけれど、野球というのは、ピッチャーとバッターという個人と個人がぶつかり合いますが、最終的な勝ち負けはチーム同士で決するという、個人戦と団体戦の両方の要素を持っているんです。

日本人がもともと持っていた心性というか、人のために頑張りなさいとか、尽くしましょうとか、犠牲になってアウトになるとか、そういうところが日本人に合っていたのかなと思っています。

五木 なるほど。栗山さんが『栗山ノート2』の中で、チラッと「利他」という言葉をお使いになっていたけれど、たとえば、犠牲フライというのはそうだよね。

栗山　はい、そうです。

五木　自分のヒットをうずめてチームの得点を優先する犠打とか、そういう側面が野球にはある。これはおもしろいですね。打率とかホームラン数とかは、自分の数字を競う「自利」のゲームであるけれど、同時に「利他」がある。

利他という言葉は、仏教では独立して使わないんです。「自利利他」と、一緒にして使う。自利＝利他である、利他＝自利である。自利と利他は一体なんですね。自分のためと思ってやることが、他の利益になる。他人のためとして尽くすことが、自分の修行だという。だから、利他の背景には自利が座っていなければいけないし、自利を重ねていくためには、利他を続けなければいけないという不即不離《ふそくふり》の関係にある。野球と仏教のつながりというのは、ちょっとおもしろい気がしますね。

栗山　そういうふうに言っていただけると、選手たちにも伝えやすいですね。利他だけを選手に求めると、どうしても、伝え方が難しくなってしまいます。

五木　そうですね。「チームのために」とよく言うではないですか。だけど、チームのためにと同時に自分のためなんだよね。

栗山　結局、自分に返ってくるものなんだと言うと、みんな、納得できると思います。それは一緒のものだと考えたほうがいいと。

五木　自利利他というね。

野球というのは、自利利他がうまく融和している、そういうゲームだから。——五木

栗山　先生の御本の中で、当時のソ連に行かれたとき、一般旅行者が行かないような競馬場やディスコ、不良少年がたむろする場所などに潜り込んで、「世の中というのは、国や政治体制が違っても、どこも似たようなものなんだな」と思ったと書いていらっしゃいますよね。先生は若いころ、けっこう危ないところにも行かれていますが、実際に行ってみると、人の心の動きや、社会の状況など、そういうことを感じられるものなんですか。

五木 たとえば戦時中は、わが国でも野球はアメリカ的なゲームだということで、野球に関心を持つと不良だと言われたわけですよね。かつての社会主義のソ連においても、ジャズに熱中することはアウトローだという雰囲気がありました。ただ、スポーツや文化に対する関心というのは、左右を問わず、人間の本質としてあるわけです。さっき言ったファシズムのスポーツというものもあれば、ある意味、デモクラシーのスポーツというのもあるでしょう。

スポーツは、プロパガンダに利用されやすいものなんだけれど、僕がおもしろいと思ったのは、野球というのは意外に、政治的に利用しづらいスポーツなんじゃないかということです。ヒトラーはベルリンオリンピック（一九三六年）のときに、アーリア民族の優越というものを証明するために、写真家から、イラストレーターから、建築家から、あらゆる人を動員して準備を進めましたよね。オリンピックの競技は、団体競技もありますけれど、基本的には個人競技で、野球はそこが違うなあと思って見ていたんです。ヒトラーが利用できないスポーツだなというふうに、勝手に考えていたのですけれどね。

栗山　そうかもしれません。

五木　野球というのは、自利利他という、自分のためにということと、チームのためにということがうまく融和している、そういうゲームだから。

栗山　たしかに、攻撃面でも必ず全員に打順が回って、偏《かたよ》らない感じがすごくありますね。誰でもヒーローになれるということもそうですね。

五木　必ず三番とか四番にチャンスがめぐってくるわけではないし、指名打者制でなければ、投手の打順のところに決定的瞬間が来るときもあるわけだし。そういう意味では、日本では、正岡子規《まさおかしき》や斎藤緑雨《りょくう》など、いろいろな人たちが野球の創立期に熱中したわけですけれど、よくわかるような気がしますね。

栗山　今回戦っていて感じたことなのですが、やっぱりアメリカに行ったら、歴史的には野球は白人のものだというような、「差別」という言葉が適当かどうかわかりませんが、そういう雰囲気があると思うのです。

そういう意味で、今回のＷＢＣは、「日本人が世界で認めてもらうために」という戦いでもあったと思うんです。というのは、僕ははじめて世界で戦わせてもらったわけですが、すでに海外で戦っている日本人選手たちがそれを感じていて、彼らの、そういう雰囲気を払拭したい、日本人の魂を見せたいという思いを無意識に感じたんです。

五木　いい意味でのナショナリズムですよね。ラテンアメリカの国や、イスラエルのチームも出てきたじゃないですか。そのとき、応援する観客席の様子を見ていてつくづく感じましたね。単純なナショナリズムではないんです。

栗山　それも、本当に命がけというか、すべてを賭《か》けて絶対に勝ってやるという思いですね。僕もほかのチーム同士の戦いを向こうで見ていて、魂を揺さぶられるというか、とても感じるものがありました。これってやっぱり、国同士の野球の試合を超えて、いろいろなものが含まれているのかなと思ったところがあったんです。

五木　ＷＢＣというのは四年ごとですか。

対話とは「人を読むこと」
——と私は思っています。

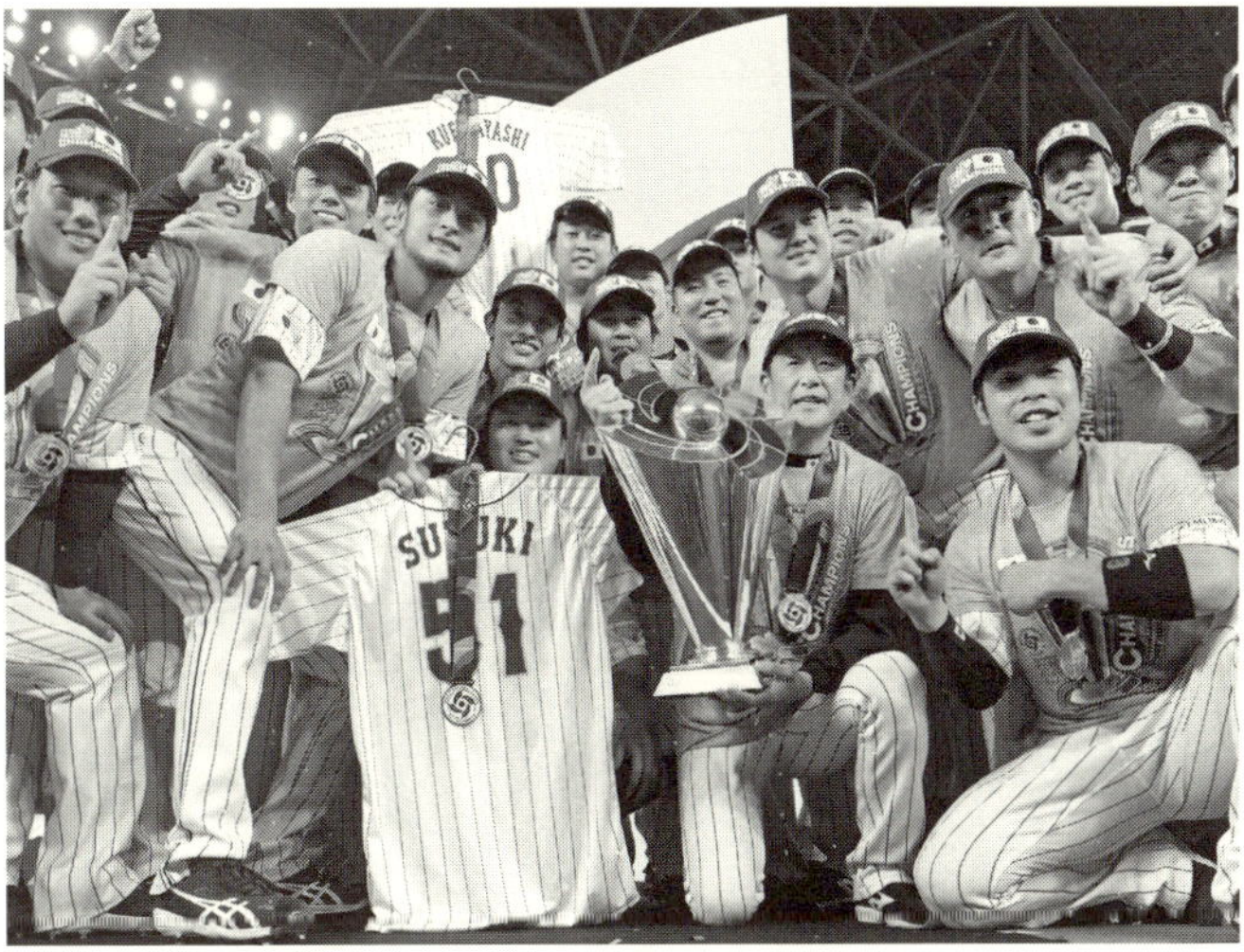

2023年3月、WBC日本代表監督として優勝を果たし、
選手たちと記念写真に収まる栗山さん
（写真／共同通信社）

れど。

栗山　基本的には四年ごとです。コロナ禍でちょっと時期がずれていたのですけれど。

五木　そうすると、このあとは。

栗山　このあとは三年後（二〇二六年）に一回あって、そこからまた四年ごとになるみたいです。

五木　なるほど。四年という期間は、選手にとってはものすごく大きな期間なのでしょうね。前回のヒーローが今回のヒーローになるとは限らないけれど、ダルビッシュ有《ゆう》なんかは、本当にそういう意味で、繰り返しいい仕事をしていますね。ダルビッシュ選手の存在そのものがインターナショナルじゃないですか。

栗山　はい、本当にそうなんです。終わってから選手たちと話をしていても、「ダルさんにこう言われた」「こういうことを教えてもらった」とか、「普段のプライベートの会話もすごく助けられた」と、そんな話ばっかりで。

五木　野球の伝統の相続というか、そういうものが伝わっていくんでしょうね。

栗山　これは想像でしかないのですが、ダルも若いころに日の丸を背負って、「こうしたほうがいい」と感じたり、いやな思いや、いろいろな経験をしてきたと思うんです。先生が言われたように、次の世代にちゃんと残していきたい、つなげていきたいという責任感というのでしょうか、それを今回、彼と一緒に戦ってみて、すごく感じました。

五木　たしかにそうだな。永続するものがあるということは大きいですね。

千年の謎というか、人間というのはなかなかね、簡単にはわからないんですよ。――五木

五木　そういう意味で、戦前から戦中、戦後にかけてのいろいろな監督がいらっしゃいますけれど、栗山さんは、自分がバトンを引き継いでいるような感じがする監督さんはいますか。タイプがそれぞれ違いますよね。熱血監督もいれば、「知将」なんて言われる人もいる。三原脩《おさむ》さんは、よくそういう形容詞を付けられていましたね。星野仙一さんは「闘将」とか言われていたし、そのほかにも、ちょっと屈折した感じの野村克也さんがいたり、山本浩二《こうじ》さんがいたり。僕らが野球を楽しむというのは、選手のプレーを楽しむと同時に、監督の個性からくる采配を楽しんでいるところもありますね。

栗山　そうですね。僕は、実際には三原さんを知らないのですが、三原さんの本を読んだ感想と妄想で、三原像を勝手につくり上げてしまっているんです。知らないだけに、理想像に仕立てることができるというか……。ですから、監督像の終着点として、三原さんに向かって走りなさいということを自分に言い続けてきました。

ただ、タイプ的には僕とまったく違う、星野さんみたいな監督さんも好きなんです。僕が、ベンチを殴《なぐ》るとか何かを壊《こわ》すということはないですけれど。

五木　椅子を蹴《け》っ飛ばすとかね。

栗山　はい、それはないですけれど、憧れとして、星野さんみたいにちょっとなりたかったなというのはあるんですね。

五木 なるほどね。人間というのは、自分と共通の人に対しても共感を覚えるけれど、ぜんぜん違ったタイプの人にも興味がありますよね。

栗山 先生、人には資質というものがあって、なかには、オーラというか、雰囲気のある方がいらっしゃいますけれど、これは教育などでつくられるものではなくて、その人がもともと持っているものの大きさによることが大きいのでしょうか。

五木 どうなんだろうね。人間というのはなかなかね、簡単にはわからないんですよ。「人間とはこうだ」という自分の考えがありますね。「人間はこうじゃないかな」と思っている。だけど、いろいろな場面でそれが裏切られることがしばしばあって、「そうか、そうとも限らないんだな」と思うと、千年の謎というか、人間というのは、不思議な、わからない存在だなと思うところがあります。

栗山さんの御本、特に『栗山ノート』を見ていると、いわゆる古典的名言がいっぱい出てくるじゃありませんか。僕は、いま、現代の人たちの言葉の中からハッと胸をつくような言葉を探して、週刊誌で連載しているんです。これまでに、野球選手の言葉もいくつか使っていますが、まさに、WBCでのアメリカとの決勝戦を前に大谷選手が言った、「僕からはひとつだけ、憧れるのはやめましょう」というあれを、ちょっと解説したことがありました。

ちょうど昨日のスポーツ新聞に、全米野球記者協会主催の晩餐会《ばんさんかい》の様子が出ていましたね。一面に大きな写真がありまして。左手にデコピンという犬を抱えて、右手にMVPのプレートを持って、タキシード姿の大谷選手は颯爽《さっそう》たる姿なんですけれど、抱えられている犬が、ものすごくさびしそうな、悲しそうな顔をしているんですよね。本当に困惑しているというか。それを見てね、あれは必ずしもデコピン自身の感情ということだけではなくて、大谷の内面に抱えている困惑というか、そういう難しさみたいなものが犬に乗り移っているのだろうなという感じがしました。

栗山　ははー！

五木　今日の日刊ゲンダイの夕刊にそのことをちょっと書いたんですけれど、人間というのは、栄光に包まれて気持ちが高揚していても、喜びだけじゃなくて、その背景には、不安とか、孤立感とか、いろいろありますよ。よいことというのは、背面に悪いことも重なっているものなんで。なかなか単純には喜べないところがあって。あれはあれで一つの現代の大きなドラマだなと思って、その写真を見ていたんです。あの犬の、なんとも言えないさびしそうな顔がね、すごく印象的でしたね。

栗山　なるほど勉強になりました。僕らは、翔平は喜んでいるけれど、今日のデコピンは機嫌が悪い、で終わるんですけれど、そこには大谷翔平のいろいろなものが伝わっているのですね。

五木　主人の気持ちはペットに移るものなんですよ。愛している、大事にしているペットとは、感情の交流があるんですね。人間はその感情を、笑顔で覆《おお》い隠《かく》すこともできるし、社交的にふるまうこともできるけれど、ワンちゃんはそうはいかないんだ。正直なんだね。

栗山　そうなんですね。

五木　あれは非常に象徴的な、いい写真でした。

栗山　先生が、あの写真をそういうふうに見ているというのは、いやあ、勉強になります。たしかにそうかもしれないですね。今回のＷＢＣでは、責任が重かったので、翔平には相当プレッシャーがかかっていたと思うんです。たぶん、葛藤もあったと思います。

彼がふだんブルペンでピッチング練習をするときは、あんまり力を入れないんです。全力で何球かは投げますけれど、ずっと全力で投げることは、ファイターズ時代の五年間、僕は見たことがありませんでした。

ところがＷＢＣの決勝戦のときは、ブルペンで声を出しながら全力で投げてマウンドに上がったみたいです。ブルペンのコーチから「相当緊張しています」との報告を受けて、実際に彼の雰囲気はそういう感じだったんです。それでも平気な顔をして結果を残すというのが彼の仕事なのですが、でも、いろいろなものを抱えながらやっていたと思うんですね。

第二部

対話とは「人を読むこと」
——と私は思っています。

2023年1月、WBC日本代表監督時代の栗山さん。
日本代表選手として、当時ロサンゼルス・エンゼルス所属の大谷翔平選手を選ぶ
（写真／共同通信社）

「神様にお願いしても無駄だ」とよく言われますけれど、僕はずっと心の中で願っていました。——栗山

五木　それと同時に、個人の情熱とか、技量とか、その人の持っている運とかいうもの以外に、やっぱり、何か大きな演出家がいるような気がしないでもないですね。それを「野球の神様」と言ってしまえばそんなもんだけれど。

歴史に残る個人の事業というものには、その背景に、個人を超えた、それをバックアップしているかのような力が、何かあるような気がするんです。

栗山　はい、監督をやっていると、その力をどう表現したらいいのかわからないのですが、人知を超えたというか、われわれにはどうにもできない力を感じることがあります。「こういうときはどう思う?」と試されているというか、何かの力に動かされているというか。それはものすごく、監督をやっていると感じます。どうやっても今日は試合を動かせないというときは、「いまは、駄目だよ」と言

われているような、そんな感覚を感じるんです。

五木　ところで、野球の監督や選手で、宗教に打ち込んでいる人はいますか。クリスチャンであるとか、あるいは仏教徒であるとか。

栗山　川上哲治《てつはる》さんがお書きになった本で、『禅と日本野球』というのがありますね。

五木　ああ、そっちだとわかるね。選手も、よく鎌倉で修行をしたりしますが、なるほど、あれは一種の精神鍛錬なんでしょうが。アメリカはどうなんだろう。バッターボックスに立つときに、十字を切るような人はいるのでしょうか。

栗山　アメリカでは、そういうポーズを取る選手がいるかもしれないです。

五木　「ここはひとつ、なんとか打たせてください」という気持ちで、絶対者というか、見えない力にすがりたいと思うときはあるものですか。

栗山　それは、正直あります。「神様にお願いしても無駄だ」とよく言われますけれど、僕はずっと心の中で、そう願っていました。「ここだけは頼みます、お願いします」と。「人生、このあと全部不運でもいいですから、お願いします」

と思っていましたね。

五木 そういう瞬間って、ありますよね。前にお話しした、他力という感覚ね。なんとなく、自力だけでは解決がつかない問題があるなあという。

栗山 いっぱいあります。

五木 ありますよね。これは計算してできたことではなかったということが。

栗山さんが御本で引用されている名言は、古典的なものが比較的多いですよね。千年を経て生きているそういう言葉というのは、それはもう本当に偉大なのだけれど、僕がいま集めている名言は、現在、新聞やいろいろなところで人が発している言葉なんです。さっき言った、大谷翔平の「憧れるのはやめましょう」も名言だと思う。

僕はいま、これから先の千年残る言葉を探しているのです。いま、自分たちのまわりに存在している日常の言葉の中で、これから先の千年生きる言葉を選り分けて探していこうと。つまり、昔から千年ずっと生き続けてきている言葉も名言だけれど、いまの日常生活でいろいろな人たちと接触している何気ない言葉の中に、これから千年生きる言葉があるのではないかという探索を続けているのです。『折れない言葉』という本を出したのも、そういう思いが出発点なんですけれどね。

栗山 たしかにそうですよね。いま、無意識に使っている言葉の中にも大切な言葉があると思います。

五木 その言葉も、千年の名言として大切にしている言葉も、みんな折々の言葉なんだよね。「孔子《こうし》先生はこうおっしゃった」ということも、その時代、その局面で発せられたその言葉が、人々の中で掌中《しょうちゅう》の珠《たま》のように大事にされて、千年生きたということだと思うんです。もちろんそのときは、千年後に残そうと思って書き留めたわけじゃないよね。

ＷＢＣの最後の場面で、たとえば、「大谷、行け」と、栗山さんの決断というか、そのとき思ったことが言葉になっていれば、それがのちに千年の名言として残る、そういうものだろうと思いますね。

栗山 そういう言葉になるかどうかわかりませんが、翔平は、ファイターズに入ってきたときからずっと、「いまじゃない」と言っていました。一般には、選手って今日の試合のために結果が欲しいと思ってしまうケースが多いんです。ところが彼は、三年後、五年後、自分が本当にやりたい野球をやるために、いまは筋力を鍛えなければいけない、身体が大きくならないと思うような動きができないというのを意識して、トレーニングだけは絶対にやめませんでした。「今日、試合があるから疲れすぎないように」とトレーナーが止めても、彼がいつも言っていたのは、「いまじゃないんですよ」という言葉です。これはなかなか言えない。すごいなと思ったんです。

五木　それはすごい。

栗山　僕にはけっしてない発想でした。そこまで将来のイメージを持ってやれるというのは、すごいなと。それもおそらく、会話の中での無意識の彼の言葉なんですね。

努力とか、人柄とか、そういうのと関係ないところが勝負の世界にはある。 ――五木

五木　そういう考え方は、コーチに指導されたり、自分を鍛えたから出てくるようなものではないところがありますね。栗山さんがたくさんの野球選手をご覧になって、努力して名選手になった人もいるし、努力してもなれない人もいただろうと思うのです。努力しないで、ちゃらんぽらんなんだけれどすごい打者になったという選手も、なかにはいるでしょう。そういうときに、世の中というのは、不合理というか、人為《じんい》のおよばないところがあるものだなと感じることはありませんか。

栗山　はい、それはもう本当に感じます。一所懸命やっているのになかなかいい選手になれない人もいるし、「なんで、練習してないのにこんなに打つんだ」という選手も、たまにいるんです。

そういうのを見たとき、僕は先生の「人には、努力できない人もいるんだ」という言葉に救われたんです。努力が苦手な人がいる。その言葉がストンと僕の心に落ちまして、それからは、それぞれの選手が、それぞれの選手として前に進めるようにと考えられるようになったんです。

五木　努力するのが好きな人もいる。それは才能ですよ。僕は学生時代、英語とか苦手な授業があると、できるだけ後ろのほうに座ったりしたのだけれど、いちばん前に座って、喜々として講義を聞いている人がいたんです。努力しているという意識はなくて、そういうことをするのが好きなんだね。「いやあ、あいつにはかなわないな」と思ったことがありましたね。

ただ、そういうふうに人間の性質が分かれているということも、ある意味では残酷なものではありますね。努力＝結果じゃないもの。野球に対して何か奥深いものを感じるのは、そこもあります。努力とか、人柄とか、そういうのと関係ないところが勝負の世界にはある。

栗山　でも先生、これは僕が合っているかどうかわからないのですけれど、最後の最後、その選手の人柄に賭《か》けてみたいと思うときがあるんです。

五木 それはそうでしょう。指導者としては、そうです。

栗山 それはそれで、僕の感覚でいいのでしょうか。

五木 僕はそれでいいと思います。現実は必ずしも、努力では結果が出ない。それでも、努力を続けて成果を出してみようというのは、大きなチャレンジだと思います。そういう、不可能というか、難しいことをやればいいんですよ。

栗山 なるほど、そう考えればいいんですね。

五木 いまの世の中、正直に生きていこうとしても、なかなか生きていけないでしょう。でも、だからこそ、正直に生きてみようと思って生きている人もいると思うんですよ。それはやっぱり、すごく大事なことです。「やれない」と思っていることや、あるいは自分の持っている天分というか、才能を超えてやろうと思っている人がいたら、それはすごいよね。「俺は、所詮《しょせん》これだけのもんだ」とか、「俺の身長はこれだけだから、とてもかなわない」と思わないで、それでもやっていく。

栗山さんにしたって、大谷選手なんかと比べると、かなり体格が違うよね（笑）。

栗山　子どもみたいなものです。

五木　それでもちゃんとプロとしてやっていくことは、大変なことだなと思いますね。

栗山　先生、いま腑に落ちました。そうですね、難しいことだから、それをやってみようというチャレンジはいいということですね。

五木　そうなんですよ。みんなができることをやってもしょうがない。たとえば、常識的にはキャッチャーには絶対に向いていないという体型の人が、「俺は、新しいキャッチャー像をつくるんだ」というのでやってみて、うまくいかなくてもともと、もしうまくいけば、すごくおもしろいことですよね。

僕は、大谷選手の中学、高校時代のお話をお母さんがしているのを聞いたことがあるのですが、指導者から、大きな身体をつくるためにとにかく食べろと言われて、お母さんが大きなおむすびをいくつもつくるんです。大谷選手はそれがどうしてもつらくて、それを持ち帰って机の中に入れて隠していたらカビが生えちゃって、それをお母さんが見つけた──と。

その話を聞いたときに、不思議だと思いましたね。つまり、あの人の身体は、岩手県の米でできているんです。一般に強固な身体というのは、たんぱく質や脂肪などの栄養バランスでつくられるものじゃないですか。ボディビルなんていったら、プロテインだとかいろいろな材料をたくさん摂取して身体をつくっているのでしょう。ところが、大谷選手の、あの大きいながらしなやかな身体が東北のお米でできているというのは、僕は不思議で仕方がない。そういうこともあるのですね。

栗山　そうですね。もともと岩手の子たちというのは、大きな子が出てくるんです。

五木　佐々木選手も岩手だよね。

栗山　はい。朗希《ろうき》ですね。

五木　雪の多い、どちらかというと困難な自然に恵まれているところからでしょうか。

栗山　たしかに、そうです。ふつうに身体をつくろうと思うと、「肉を食べろ、魚を食べろ」と昔は言われました。要はたんぱく質だと。ところが、いまの高校生はみんなお米を食べますね。

五木　お米ですか。

栗山　「お米を食べろ」と言う人たちが多いです。高校野球でも、一日二升食べなさいとか流行《はや》りました。そういうふうに思うと、翔平は何を食べてあのように大きくなったのか。今度、聞いてきます。

五木　本当にね。大きな筋肉をつくるためには基本的にはたんぱく質ですよね。最近は日本の食生活を見直そうという気運がありますが、大谷選手は、高校生ぐらいまではお米を中心に食べて育っているんじゃないかと思う。

栗山　おそらく、お米をめちゃくちゃ食べていたのだと思います。あれだけしなやかで理想的な身体は素晴らしいです。

五木　そうですね。いわゆる筋肉質という感じがしないもの。とてもいい、円満な身体をしていますね。

出会いは偶然ですよね。でも本当に、「あのときに、あの人と出会っていなければ」ということが実際にある。――五木

五木　栗山さんとお話ししていると、野球の話だけではなくて、人生だとか、世界だとか、そういうことに触れるお話ができるから、僕もとても楽にお話ができてありがたいです。

栗山　とんでもないです。僕は、本当に先生に助けていただいているんです。先生の御本を拝読して、自分の中でどう解釈したらいいのかと迷いつつも、解釈が仮に間違っていてもそれでいいと思っていました。自分の救いというか、そうなってくれればいいのかなと勝手に思っていたところもあるのですが、こうして先生に直接お話をお聞きできるというのは、とても幸運なことだと思っています。

五木　栗山さんは、今日の対談で、僕の記憶に残る人、影響を受けた人の話を聞きたいとおっしゃっていたみたいだけれど、栗山さんご自身はどうですか。これ

まで物心ついて以来、そういう方はいらっしゃいますか。

栗山　僕にとってまず大きかったのは、ヤクルトにテスト生として入ったときの二軍監督だった内藤博文《ひろふみ》さんという方です。その方は、読売ジャイアンツがはじめて開いた入団テストを受けて第一号の合格者になったのですが、その後、一時期レギュラーも取って活躍なさった方です。もし内藤さんがいなかったら、僕はすぐクビになっていたと思うんです。テスト生としてプロに入ったという同じような境遇だったからか、僕は下手《へた》くそだったのですが、いつも目をかけてくださいました。

プロ野球は、才能がありそうな人を中心に練習が組まれていくんです。当然ですよね、どこに投資するかという話ですから。僕らみたいな二軍の練習は時間が短いんです。全体練習がパッと終わったら、「もうお好きに、自分でどうぞ」みたいな感じです。ところが内藤さんは、いつも全体練習が終わると「クリ、やろうか」と言って、ノックを打ってくれたり、ボールを投げてくれたり、ずっと付き合ってくださった。

第二部

対話とは「人を読むこと」
——と私は思っています。

1989年、ヤクルトスワローズ選手時代の栗山さん。
俊足のスイッチヒッターとして活躍した
（写真／共同通信社）

僕の同期でドラフト一位だった高野光《ひかる》選手は、なんと一年目に開幕投手を務めたんです。当然、その日に二軍にも伝わってくるので、僕はそれを聞いて落ち込んでいました。そうしたら内藤さんが、「人と比べるな」と、「お前が、ほんの少しでもうまくなったら、俺はそれで満足なんだ」とおっしゃってくれたのです。
内藤さんのひと言で、僕は心から救われて、その後も野球ができた。そういう出会いがあったから、僕は運がいい人間なんだと思っているのです。それこそ、めぐり合わせですから。そういう人のところに行けたのは運がよかった。まずはそこからだったんです。

五木 いまの言葉でふっと思い出したのですが、たしかに、運がいい、悪いというのはあるんですよ。開運、つまり「運を開く」という言い方がありますよね。だけど、幸運というのは自分で切り開けるものなのか。運というのは、ふつうは偶然だというふうに考えるけれど、運もその人の迎え方次第で幸運にもなるから、人は、運を自ら開くように行動しなければいけないという説もあってね。だけど、やっぱり自ら開けないからこそ運じゃないかとか、いろいろ考えるんですけれど。

努力も、先ほど言ったように、努力しないではいられない人がいるのではないかと思います。努力強迫症というか、努力をすることが自然で、快適に、呼吸するように努力する人がいる。その人は、努力して努力しているわけじゃないという感じもある。

栗山　ありますね。

五木　努力家という才能だってある。人は、個人差がものすごくありますよ。僕は、そのことをいつも考えるんだね。運がいいとか悪いとかいうのも、個人の差かな、と思ったりする。開運というのは、自分の考え方とか生き方次第で幸運を手にすることができるという、積極的な考え方でしょうけれど、なかなか、そうはいかないですね。本当に、運をつかめずに終わってしまったという選手もいるでしょう。ある意味で、残酷な競争社会ですね。

栗山　本当に。いい選手がそのポジションに入ってくる前に、たまたまポッカリ空いていて、努力した選手がそこにポコンと入ったりするとか。プロ野球にはけっこうタイミングみたいなものもあるんです。偶然のめぐり合わせや、誰かが絵を描いている感じというのでしょうか、それを他力と言っていいのか、これはどういうことなのだろうということが起こりますね。

五木　ありますね。本当にそれはある。それと同時に、栗山さんのおっしゃっていた、どなたかに出会うということがある。出会いは偶然ですよね。でも本当に、「あのときに、あの人と出会っていなければ」ということが実際にあるのだから、これをどういうふうに考えるのか。つまり、努力して運はつかめるのかというね。

栗山　これは先生、どう考えたらいいのでしょう。指導者は、「頑張っていると、誰かが必ず見ていてくれるよ」という表現を、つい選手に対してしてしまいます。これは、言っていいものなのかどうか。

五木　僕がものを書く人間、作家の立場として考えれば、どんなに頑張っても、やっぱり目に止まらない人はいます。それは、冷厳な現実だね。一方で、ちゃらんぽらんにやっていても、それに対しておもしろいものを見つけてもらえて、アドバイスやサポートをしてくれる人が出てくるということもある。その人は、幸運な人だよね。

第二部

対話とは「人を読むこと」
——と私は思っています。

2006年2月、インドを旅する五木さん（写真／菅原弘美）

運・不運ということをどう考えるかということは、ものすごく大きな、難しい問題です。運・不運はあるけれど、努力したからつかめるものではないかもしれない。「俺はこれしかないからやるんだ」と、割り切るしかないんじゃないですかね。

積み重ねられる強さ、繰り返せる強さみたいなものが、僕には、才能というのではないかと思えるのです。――栗山

五木　一時期、「親ガチャ」なんていう言葉がありましたね。たしかに、いまの格差社会の中でそれは大きいんですよ。だからといって、それがすべてだというわけでもない。でも、家庭環境が人生にとって無関係だということは、絶対にあり得ないんでね。

スポーツ選手というのは、天賦《てんぷ》の才に恵まれているとか、体型がそれにふさわ

しいとか、生まれながらの向き不向きというのはありますよね。お相撲《すもう》さんだって、やせっぽちの小さい男の子が「相撲取りになりたい」と言っても難しいですから。太って体重を増やしたって、できる限界があるでしょう。

栗山　ありますね。

五木　ただ、スポーツを見る側としては、あらゆるものに恵まれた人が大活躍をするというストーリーよりも、ハンディキャップを跳ね返しながら頑張ることに共感するところはありますね。

栗山さんご自身も、病気とかいろいろなことを克服しながら頑張ってこられた人だけれど、天賦の才や身体の大きさなど、能力にものすごく恵まれているとは言えないにもかかわらず、選手として大成した人はいますか。

栗山　これはよく話をするのですけれど、ドラフト一位で、みんながいいと言った選手が活躍するのは当たり前。ところが、意外とプロ野球は、ドラフト四位ぐらいの層がいい選手になっているんです。イチロー選手もそうですし、今回ドジャースへ行った山本由伸《よしのぶ》投手もドラフト四位なんです。最初は選手として大きな評価をされていなくても、身体がめちゃくちゃ強くて、ただひたすら練習をして、けがをすることなく重ねられて、年々着実に技術が上がっていった選手もいます。

僕は、それが才能じゃないかと最近思っていて。けがをしないでやり続けられる才能というのはあるのだと。親からもらったその強さが、プロ野球ではいちばん強いのかなと思ったりするんですね。気がついてみると、大谷翔平も大きなけがをしない。実はそれがもっとも大きな才能ではないかと思っています。

五木 たしかに大谷選手が故障したという話は、あんまり聞かないですね。

栗山 そうなんです。ファイターズ時代に一度、肉離れで三か月ぐらい戦列を離れたことがあったのですが、そのほかに大きなけがは、肘《ひじ》以外ではしていないんです。そういう、積み重ねられる強さ、繰り返せる強さみたいなものが、僕には、才能というのではないかと思えるのです。親からもらった、天から与えられた才能、そんな感じを受けることがありますね。

五木 なるほどね。どんな人でも、キープ・オンという継続していく力は、これはやっぱり一つの大きな能力というか、自分でできる、自分で獲得できる才能の一つでしょうね。僕なんかの場合も、「いやだな、また今日も書かなきゃいけないか」と思っても、そこで、「もういいや、明日やろう」と思って寝てしまうか、夜を徹してでも書くか。

それは、向上心のような気持ちのほかに、たとえば、人生においていろいろな逆境にぶつかって、人に差別されたり見下されたりして、それを跳ね返すことで生きて来た人たちなんかはその思いが強いかもしれない。そういう世俗的な執念みたいなものが、やっぱり、その人の努力に関わってきますよね。

会社が人を採用するときに、苦労した人のほうがいいのか、苦労なしにすくすくと育ってきた人のほうがいいのか、どっちを取るべきかと聞かれることがあります。野球選手の中にも、中学、高校時代からスター選手としてすくすく来た人もいるでしょうし、そうでない人も多いでしょう。どっちがいいのかというのは、わからないですね。

栗山　野球の世界でも、どっちとも成功している人がいますね。何かあったときに、生きてきた過程がマイナスになるときもあるし、それが大きくプラスになるときもある。僕もそこはよくわからないです。

自分の意志とか、努力とか、目的とか、そういうものを超えた何かがあるという感覚だけはあります。——五木

栗山　ところで、先生が九十歳を越えてこれだけ長く原稿を書き続けられるのは、お身体が強いということになるのでしょうか。僕には、考えるだけでも無理かなと思えるのですが、このすごさはなんなのだろうと、それをお聞きしたかったんです。

五木　なんなのだろうね。自分では、努力しているとか、頑張っているとかいう気はしないんです。夕刊紙に連載している毎日コラム「流されゆく日々」というのがあって、コラムといっても原稿用紙で三枚近くあるのですけれど、これは五

十二年目ぐらいになるのかな。この連載は、ストックを置かないんです。今日栗山さんとお話をして、帰って夜に書いて、明日の原稿になるというふうに。

栗山 本当にストックは置かれないのですか。

五木 ないんです。初期のころは外国旅行なども多かったので、書きだめしておいて行くこともありましたが、この三十年ほどは毎日、一回分。

栗山 ははー!

五木 ストックしてしまうとおもしろくないんでね。大きな災害が起こったようなときの記事が、翌朝の新聞よりも、僕のコラムのほうが死者の数が多かったりするから、原稿が新聞記事より遅く入っているということなんだなと、プロの人が言うんです。

自分は特別身体が強いと思わないし、意志が強固だとも思わないのですが、なんでしょうね。先ほどの練習を重ねることができた選手の話と同じようなことかもしれませんが、僕がずっと続けてこられたのはなぜなんだろうと、自分でも思いますね。

野球に限らず、スポーツ選手は、シーズンオフは身体を動かさないものですか。

栗山　いえ、いまはほとんど休みなく、一年間動かしていますね。車のエンジンと一緒で、ずっと動かし続けるのがいいと言われるようになりました。それほど強度は高くないのですが、ずっとは休みません。もちろん、一週間に一日休むとか、三日やって一日休むとか、トレーニングのペースというものはありますが、ずっと休むことは、いまはなくなっています。

五木　しかし、プロとアマチュアはどこが違うのだと考えると、「プロ」という言葉の持っている響きに、それを天職として生きている人間としての自己完成とか、自己鍛錬ということだけではなくて、僕はほかにも何かがあるような気がするのです。

栗山　毎日の連載をストックなく続けるなんて、プロとして、本当にすごいことだと思います。僕はＷＢＣの監督になる前、メディアで仕事をさせてもらっているときに、一週間に一本の原稿でも、探しても探しても、ネタを見つけるのさえ難しかったです。表現するということに関して、もちろん僕は先生に比べたらまったく未熟ですけれど、それを毎日続けるというのは、心も身体も非常にお強いんだと思います。どうしたら先生みたいになれるのかと、みんな不思議に思っているところだと思います。

五木　そういうのは、個人の努力みたいなものを超えているよね。たとえば、大きな交通事故に遭《あ》わずにすんだとかね。僕がむしろいちばん感心するのは、担当編集者が夜十時過ぎに、僕の明日の原稿が届くのを待っているわけです。その人も僕も、一回も交通事故に遭わずに、病気で高熱を発してということなしに、半世紀ぐらい来たということですね。

その担当者が退職するとき、「おかげで三十五年の住宅ローンを払い終えました」と挨拶《あいさつ》に来たけれど、大学を卒業して入社したときから僕の担当だったんですね。定年退職して嘱託《しょくたく》になるまで、僕の原稿を取るのを仕事としてやってきたわけだから、その人の一生が全部かかっていたということでしょう。一人で走っているわけではないという感じもありましたね。

そう考えてみると、仕事というのはパートナーとか、仲間とか、スタッフとか、そうした人間関係の輪の中で続くものなのかもしれませんね。自分がここで投げ出したら、いろいろな人たちに迷惑をかけると。

栗山　でも、その編集者の方は毎日先生の原稿を読むことで、先生の感覚や頭の中を伝えられてきたわけですから、弟子のような存在かもしれませんね。それもすごいですね。

五木　大学を出て、新聞社に入ったときから僕を担当して、定年退職したあとは嘱託で何年間か勤めて、そして完全に退職したんです。やっぱりこの年になるとね、一緒に活動してきた人たちが、定年退職したり、亡くなったりすることがありますが、そのあとの人が、継承というか、引き継ぐということはなかなか難しいですね。若い人に、「彼が退職したので、私がこれから担当させていただきます」と言われても、いやあ、これから四十年、五十年とジャーナリズムでやっていくのに、僕の担当なんかやって大丈夫かなと思ったりもしますし（笑）。

自分の意志とか、努力とか、目的とか、そういうものを超えた何かがあるという感覚だけはあります。自分が立って歩くときでも、立って歩かせている何かがあると思ったりします。

自分の心をコントロールするのは大事ですが、一方で、心のままに、という考え方もあると思うのです。――栗山

五木　話は突然変わりますが、栗山さんは、難病を克服されたときもいろいろなことをされたと思うのですけれど、アスリートの場合、身体のケアというのはどんなふうにしているものなんですか。自分で努力するのか、まわりのコーチやトレーナーなどいろいろな人が応援してやっていくものなのか。

栗山　最初は自分で勉強しながら、たとえばストレッチ系で柔軟体操をしたり、身体を冷やして温めて血行をよくしたりとか、自分でやっていくことが多いと思います。それがだんだん稼《かせ》げるようになると、トレーナーを付けたり、専門家の先生にアフターケアをお願いすることもあります。ただ、アフターケアにしても、自転車を漕《こ》いで乳酸を取るとか、いまはいろいろなやり方があるので、何が正しいのかというより、どれを選ぶかという時代になってきていると思います。

五木　川上さんではないけれど、スポーツ選手で座禅を組む人がいますよね。オフの時期に鎌倉の建長寺《けんちょうじ》に行って座るとか。あれは、スポーツの上で何か役に立ちますか。

栗山　それが役に立つかどうか僕はわかりません。ただ、今年はなんとかしようとしている気持ちは伝わってきますね。でも、それが野球のプレーにどう影響したのかと言われると、すみません、はっきりお答えはできません。

五木　不動心とか、虚心坦懐《きょしんたんかい》に打席に立つとか、来た球を打つだけとか、簡単に言うけれども、座禅に関係するような心の影響というのは、どこまであるんだろうね。

栗山　心の影響というのは、スポーツの世界ではものすごく言われる時代ではあるんです。じゃあ本当にそうなのかと。自分の心をコントロールするのは大事だと言われています。一方で、心のままに、という考え方もあると思うのです。

第二部

対話とは「人を読むこと」
——と私は思っています。

今回のＷＢＣで僕は、「心のままにぶつかってやれ。そのまま行くぞ」と思ってやっていました。つまり、心をコントロールするとか、冷静になるとか、そういうよけいな作業は今回捨てていいから、とにかく勝ちたいと思ってやっていたところがあったんです。

ふだんの「冷静になろう。勉強をして自分をコントロールできるようになろう」と思っていた自分と、今回のＷＢＣのときの自分を比べて、どっちがよかったのかと聞かれても、本当に答えがないんです。

五木　近代というのは個人が確立された時代です。一人一人が、個人とか個性とかいう枠の中に収まっていくのに対して、あるとき、孤立した多くの人々、たとえばスタッフなり、まわりにいる仲間が、個人の殻《から》を破って一体となるような瞬間があるんですね。僕はＷＢＣのとき、最後にそう思ったね。

あのときは、個性というか、個人というか、そういう身にまとっている殻を破ってみんなが一体になるという、奇跡を見るような感じがありましたから。それで多くの日本国民が感動したのだろうと思います。

栗山　それは、僕も本当に思いました。個人を超えるということがあるんだと。彼らは超一流のアスリートですから、自分のことがいちばん大事だと思っているのはわかります。でも、あの最後の場面では、自分がこうだとか、試合に出られないとか、そんなものを全部超えて、みんながチームの勝利のために一つになっている感じを受けていました。

どうしてそうなったのかと言われてもよくわからないんですけれど、たしかに、あのときは一体となる感覚をものすごく感じていましたね。

偉大なアスリートというのは、偉大なインテリジェンスを自ずと育てている人なんだなと、つくづく思いましたね。——五木

五木　ふと思い出したのですが、たとえば、『空手バカ一代』という漫画があったじゃないですか。とにかく野球なら野球、柔道なら柔道、相撲なら相撲それひ

と筋で、あとは世の中と関係ないというような純粋な生き方をする。そういう人もいるのだろうけれど、僕の感覚で言うとね、偉大なアスリートというのはそうじゃないんですよね。ある意味でのインテリジェンスというか、本人はぜんぜん意識していないだろうけれど、知性とか、スポーツ以外の深いものを感じさせるところがあるんです。

僕がそれを感じたのは、カシアス・クレイ（モハメド・アリ）が日本にはじめてやって来たときのことです。ボクシングの選手というのは、広告宣伝のために、プロモーションの立場でいろいろな仮面を被せられるわけですね。対戦相手同士がお互いに記者会見でにらみ合ったり、乱暴なことをしたり。彼の場合も、相手を何ラウンドでノックアウトすると予告するなど、一種傲慢《ごうまん》とも受け取れる言動で、「ほら吹きクレイ」という異名《いみょう》があった。それでスポーツ新聞なんかも好奇心半分で彼を迎えて、「無法者がやって来た」という感じだったんです。

当時「話の特集」という雑誌があって、編集長が矢崎泰久《やすひさ》という変わり者だったのですが、彼が、突貫取材でホテルにカシアス・クレイを訪ねてインタビュー

第二部

対話とは「人を読むこと」
——と私は思っています。

したんですね。それは特ダネになったんですけれど、矢崎君が取材から帰ってきて発した言葉が「びっくりしたよ。ベッドの枕元に、本が四、五冊積んであるんだ。あいつは本を読むんだね」と。

それで、カシアス・クレイが再度来日したときに、僕は、雑誌で対談をさせてもらったんです。もちろん、通訳を通じての対談ですけれど、なんというか、「え、これがほら吹きクレイ?」と思わせる立居振る舞《たちいふるま》いに、事前のイメージは完全に裏切られました。気品さえ感じさせる印象でね。

それで対談も後半に差しかかり、やがて差別という大きな問題に話が及んだんです。アフリカ系アメリカ人である彼が指摘したのは、「英語を使う中で、ホワイトとブラックという言葉そのものに、ものすごく大きな偏向がある」ということでした。たとえば、「ブラックリスト」というと要注意人物のリストだし、「ブラックメール」というと脅迫状のことを言うし、「ブラックフラッグ」というと海賊の旗だし、「ブラックマジック」というと怪しげなことをさす。とにかく、「ブラック」という言葉には常に「悪」のイメージがつきまとい、そのイメージそのものが根強い偏見につながっていると。逆に「ホワイト」という英語は、「ホワイトクリスマス」とか「ホワイトエンジェル」とか、美しいもの、清潔なもの、あるいは善なるものという意味で使われている。この言語感覚の中で自分たちが生きている限り、黒人差別などの差別意識はなくならないと、例を挙げて説明しながら、懸命に訴えてね。

最近でこそアスリートが政治的メッセージを発信する例は増えているけれど、彼はその先駆者と言っていいでしょう。ベトナム戦争の際には、徴兵を忌避《きひ》したことで有罪判決を受けて、世界タイトルを剝奪《はくだつ》された。それにもかかわらず、再度チャンピオンになるわけだけれど、彼の覚悟のほどがうかがえるエピソードでしょう。

彼の持っている、本人は意識していないインテリジェンス、繊細さというのはずば抜けていましたね。通訳付きでの対談なので隔靴掻痒《かっかそうよう》の部分はありますけれど、それでも、そういうことを語っているときの彼のまなざしとか表情から、「ああ、偉大なアスリートというのは、偉大なインテリジェンスの持ち主なんだな」

ということをつくづく感じたのです。

現役を引退したあと、クレイはパーキンソン病を患って公の場に出る機会も減っていたのだけれど、ラスベガスで大きなボクシングの試合があって、特別ゲストとして観客席にやって来たんです。そうしたら、観客席のお客さんが総立ちで、スタンディングオベーションを始めた。彼はちょっと歩き方が怪しいし、表情もうつろな感じなんですけれど、偉大なアスリートに対しての敬意というものを、みんなが、社会全体がそこで表している。すでに彼は過去の選手でしたが、それに対して敬意をはらう。

それを見て、すごく感動的な感じがしたんです。「あいつ、本を読むんだね」という社会の偏見の中で、自己の主張を堂々と語るプライド、ベトナム戦争の徴兵を拒否するなどというのは、日本だったら非国民と言われますよ。そういう存在であったにもかかわらず、後年、彼が特別ゲストとして呼ばれて観客席に座るときに、全員がスタンディングオベーションをするというアメリカの風土に対して、日本人としてある種のうらやましさというか、引け目というか、そういうものを痛感したことがありました。

僕はそれこそ、ずいぶんたくさんの人と対談したり、インタビューしたりしましたけれど、クレイの立居振る舞いとか、語っていた表情や内容が、すごく印象に残っています。

栗山　そういう感じだったのですね。

五木　偉大なアスリートというのは、偉大なインテリジェンスを自《おの》ずと育てている人なんだなと、つくづく思いましたね。一芸に秀でている人というのは、だいたいそうです。僕はそういう優れたアスリートを尊敬しているんですよ。

栗山　でも、それは文化ですね。いろいろなことがあっても、みんながスタンディングオベーションできる、素敵な文化。

五木　スポーツがあって、文化があって、芸能があってと別々のものではなくて、スポーツは文化なんですよ。そうだとあらためて感じたのはそのときです。もうずいぶん昔の話ですけれど。

栗山　たしかに、当時のイメージでは、カシアス・クレイの枕元に四、五冊本があるというのは、一瞬、違和感があることなのかもしれないですね。

五木　矢崎さんにしてみると、「ほら吹きクレイ」に会うのだから、何か脳天気なことを言ってもらおうと期待して行ったら、五、六冊も本が枕元に置いてあったというので驚いたんでしょうね。

僕がクレイと対談したのは、麻布の高級レストランでしたが、そのレストランの名前が「ホワイトハウス」だったんです。いまはもうみんな覚えていないだろうけれど、一九六〇、七〇年代のころには、「麻布のホワイトハウスでご飯を食べた」というのは大変なことでした。でも、皮肉な話でしたね。

栗山　そうですか。たしかに、ブラックという単語のつく言葉は、悪い意味の言葉が多いですね。

五木　そうなんですね。日本でも、刑事ドラマなんかで「黒か、白か」と言うじゃないですか。黒は有罪、白は潔白と。そういう言語感覚が日常生活の中で広がっている以上は、差別意識をなくすのはなかなか難しい。自分にその気がなくても、たとえば褒める意味で「本当の男」という言い方をしたとしても、女性の側からするると、「男だ」というのは褒め言葉にならないんでね。
栗山 はい、たしかにそうですね。
五木 僕もこの間「女流作家」と書いて、直されたばかりなんです。
栗山 いまは、「女優さん」とも言わなくなってきていますね。

一人一人、全員が違う、その違いこそが大事なんだと思えれば、自信を持たせられるし、それぞれの生かし方もある。
――栗山

栗山 今回は僕からお願いして、先生にお会いさせてもらいましたけれど、先生が若いころ、誰かに憧れるとか、「この人に会ってみたいな」という人はいたのですか。
五木 僕は、素直に憧れるというよりは、対談者として考えることのほうが多かったですね。どちらかというと「俺はあいつと違う道を行く」という思いが強かったんです。そういう意味では、素直じゃなかったのかもしれません。大先輩に対しても、純情に敬意を表してという接し方ではなかったですから。
文壇の大先輩の井伏鱒二《いぶせますじ》さんとはじめて対談したときに、「井伏さん」と僕が言ったものだから、あとから編集長に、「新人の君が井伏鱒二に対して、さん付けとは何事だ」とすごく叱られてね。僕は、どこの対談の席でも、必ず最初に「五木さん、栗山さんでやりましょう」と言ってお話しするのです。そういう角が立つところは、たしかにいろいろありました。
栗山　その編集長の話は、「井伏先生と呼べ」ということなんですか。
五木　そうですね。とにかく井伏さんは、日本文学史上の大先輩ですから。でも、対談は全部「さん」でいいんじゃないかなという気持ちがあるんです。この間も、十九歳の若い女性と対談したんですけれど。
栗山　芦田愛菜《まな》ちゃん。
五木　そうそう。お互いに、「芦田さん」「五木さん」で話しました。
栗山　芦田愛菜ちゃんとしゃべっていても、違和感はありませんか。

五木　べつにないですね。

栗山　すごいですね。僕は、芦田愛菜ちゃんとしゃべる勇気がないかもしれないです。

五木　気楽にお話をしましたよ。僕が若いときですけれど、羽仁《はに》五郎という思想家・哲学者がいらして、その方とは三十歳以上も年が離れていたのですけれど、大論争をしましてね。すごく気持ちがよかったです。向こうも正面切って「君、そんなことを言っているから駄目なんだ」と、お互いにやり合ったんです。ところが、「羽仁さんにそんな言葉遣いをするやつは、ほかにいない」と、このときも言われましたね。

栗山　僕は、今年のキャンプに行ったら若い選手に話そうと思っていることがあるんです。ブッダの「天上天下《てんじょうてんげ》唯我《ゆいが》独尊《どくそん》」という言葉を紹介したいと思っていて、この言葉にはいろいろな解釈の仕方があると思うのですが、先生は、「自分はたった一人の自分であってほかの人と違うということ。それぞれ人は全部違う個性を持っている、その違いが尊《たっと》いんだと、私は解釈している」と書かれていて、なるほどなと思ったんです。

みんな考え方が違うし、それぞれの考え方を生かしてあげなければいけないと、頭の中ではわかっているのです。みんな違うと思っているのですけれど、感情的にぶつかってしまったりしたとき、それがむしろ心地よかったとか、それぞれの意見がぶつかるのはとてもいいことなんだと、先生のように思えればいいのですが、なかなか難しい。

一人一人、全員が違う、その違いこそが大事なんだと思えれば、彼らに自信を持たせられるし、それぞれの生かし方もあるのかなと。選手の前で話すときには、この言葉はそういうふうにとらえなければいけないと思いました。そういう気持ちで人に会っていけば、たとえぶつかり合っても、意見が違っていいのだと思える、ということですね。

五木　そうですね。できるだけ人と会うことが大事だと思います。本を読むのも大事だけれど、それよりも「人を読む」、できるだけ人と会う、話をすることが大事なのではないかと思います。

その枠組そのものを肯定した上に成り立っている物語だということなんだ、問題は。――五木

五木　最近よく、差別的な発言が問題になりますが、僕にも偏見はたくさんあるんです。昭和生まれの世代の人間としては、長年育ってきた中でそういうものがたしかにある。

以前、精神科のお医者さんたちの全国大会で講演したことがあるのですが、そのときのテーマが、「アンコンシャス・バイアスについて」ということだったんです。前にもお話ししましたが、「無意識の偏見」ということですね。心の中に何か偏った考え方がある。それが意識の中にあるのではなくて、身体に染みこんでしまっているものがある。それを「アンコンシャス・バイアス」というのですが、そういう偏見が身についているのだということを自分で、まず認めなければ

いけないんです。

僕の若いときのエッセイ『風に吹かれて』なんかを読んでいますと、僕が学生時代に末期を迎えていた赤線の思い出が書いてある。それを読むとね、「ああ、あの時代はこうだったな」と、ものすごく懐かしそうに書いているんだね。新宿二丁目から学校に通うようでなければ作家にはなれないと言われていた時代で、永井荷風《かふう》の『濹東綺譚《ぼくとうきだん》』もそうですけれど、吉行淳之介《よしゆきじゅんのすけ》さんなどの先輩作家も、赤線放浪記というか、そういう世界を郷愁《きょうしゅう》をもって描いてきた部分があるわけです。

いま読むと、これは「アンコンシャス・バイアス」なんだな。男女の差というものについての大きな偏見が自分の中にある。いまのご時世がそうだからというのではなくて、基本的に直していったほうがいいと思うところがあって、気をつけているのです。

最近は、表現の世界でも、たとえば容貌について、あまり具体的に「美しい」とか「醜《みにく》い」と表現するのはよくないと言われています。その制約は、文学的表現においては無理だという意見もありますけれど、たしかにそれで傷つく人もいると考えると、そうかもしれないと納得するところがあります。どこを差別といい、どこを偏見というのかは難しいところなんだけれど、自分の中に無意識の偏見があることは認めなければいけないと思っています。ＷＢＣにしても、「とにかく、白人に負けるな」という感じが、ラテンアメリカの人たちの応援には明らかにありましたよね。

栗山　あります。

五木　そこで彼らが、日本人が活躍することに対して快哉《かいさい》を叫ぶというのは、長年の差別に対する抵抗感が、スポーツの中にも出てきているということです。自分が無意識のうちに偏ってしまっている表現だけは避けたほうがいいと思っています。「男だろう」というようなね。

栗山　僕も「アンコンシャス・バイアス」がありそうですね。

でも、『風に吹かれて』の赤線の話で、朝、目を覚ましたとき、靴下の中に隠しておいた虎の子の五千円が取られてしまったと思って焦《あせ》ったら、女の子は、ちゃんと自分の分だけを取って、わざわざ二千五百円のお釣りを置いて行ったのだった、という話がありましたよね。靴下の中から、千円札が二枚と百円札が五枚出てきたと。僕はああいうのを読むと、とても心が温まるというか、感動してしまうのです。

五木　そうだよね。僕は美談だと思って書いているのだけれど、そういう世界を許容する意識そのものが間違えていると言われると、「私は旧世代の人間で、間違えていました」と言わざるを得ないのです。それはやはり、なんというのか、難しいところだよね。

栗山　いや、先生、僕は逆です。そこに「人間というもんは信ずべきもんだと思うよ」という文章もあったと思いますが、女性ならではの優しさのようなものに感動してしまうのです。変な意味ではなくて。

五木　淪落《りんらく》の世界にいる人たちの心の美しさみたいなものを描くほうが、上流社会の奥様方を褒めたたえるよりは、よほど小説家らしいと僕は思うんだ。だけど、そういう格差社会というものを頭から認めてしまうのは、それはまずいよね。

ずいぶん自分の中に差別感があるのだということを、最近はいろいろ考えますね。意識としては「ない」と自分では思っているのですが、無意識のそれがね。「スポーツマンというのはものを考えない」とか、そういう気持ちがどこかにあるんだよね。だから、そのアンコンシャスの部分をどう克服していくかということを、ここのところ、自分の言動で気をつけているのです。

栗山 先生がそう思われるというのは、とても勉強になります。僕は、今日を機にいろいろと直さなければいけない。僕は先生の本を読んだときに、女性にしかできない優しさだなと思って感動してしまったんです。

五木 僕なんかも、淪落の世界にいて、差別されている社会の中で、路傍《ろぼう》に咲く一輪の花のようなもののほうを美しく感じるタイプですから。

栗山 感じますし、むしろそういう思いを大事にしなければとか、人にどう接するかということの手本の一つに落としこんで読ませてもらったのですけれど。

五木 そこが難しいんだよね。あれはヒューマンの話だと僕は思っているけれど、その枠組そのものを肯定した上に成り立っている物語だということなんだ、問題は。

栗山　そういうことなんですね。

五木　そういう社会を、いまはとにかく肯定してはいけないと。その人の先入観の中に、すでにその社会はあるものとして肯定しているということが問題だと言われれば、一言もないということですね。

僕は基本的に、わりとそういう世界に関心があってね。若いころのエッセイや放浪記などには、そういうことがいっぱい書いてありますよ。新宿二丁目に、僕が編集長をしていた業界紙の事務所がありまして、隣が、ストリップが呼び物というおかしな映画館だったのね。二階のオフィスの窓から下を見ると、ストリップの女の子たちが、裏口のところで裸のまま座ってね、七輪《しちりん》の上に秋刀魚《さんま》を並べてうちわで熱心にあおいでいたりする。そういう話を書くと、みんなそれが好きなんだね。当時は「あのエッセイはおもしろかったです」と言われたりしたけれど、いまはなかなか難しい問題がたくさんあります。

栗山　それは、ある意味で日常が実感できる話だと思うのですが、でも、いろいろ考えなければいけないところがあるのですね。

ある言葉で心が傷つく人がいるのが事実だとすれば、そこは考えなければいけない。――五木

五木　何年か前に、箱根駅伝を見たときのことなんだけれど、ランナーのすぐ後ろから監督たちの乗っている車がくっついてくるでしょう。僕は、あれはもうちょっと離したほうがいいと思うんだ。白バイなんかがいっぱい重なって、排気ガスの中を走っているようなものじゃないですか。

それで、後ろから、絶えず監督が激励の声を出しますね。そのときに、「頑張れ。男だろう！」と何十遍となく繰り返すんですよ。沿道を囲んで手を叩いているのはご婦人方も多いでしょうに。それに対して何も感じない世代もいるけれど、いまの世代は、やっぱりそこで「男だろう」と連呼されると、「男だからどうしたのよ」というところがあるね。やっぱり、時代ですから。

栗山　僕はそのまんまの感じがあるので、気をつけます。

先生、僕は選手に、「感動が精神力につながる」とか「感動の涙はいいけれど、悔し涙は歯を食いしばって行くぞ」と言ったりします。僕自身、試合が終わったときなどに、感動してよく涙を流していました。ただ、「男として涙は流すな」と言われたこともあります。僕は、涙は好きなんですけれど、それは駄目ですか。

五木　いや、駄目なんじゃなくて、世代的なトラウマなんだよね。「男は涙を流すな」というのは、戦前、戦中を生きた日本人に刻みこまれているものなんです。「日本男児たるもの泣いてはならぬ」と、泣くことが弾圧されていたからね。さらに、高度経済成長の時代にも、「泣いている場合ではない」という固定観念が日本人の間に蔓延《まんえん》していたかもしれない。そのことを意識するだけでも、「男として涙は流すな」のとらえ方が違ってくると思います。

昔は奴隷という制度が当たり前の時代があったわけで、その時代に奴隷制度を賛美するようなことは駄目だと言われると、「何を杓子定規《しゃくしじょうぎ》なことを言っているんだ」と思ったに違いないからね。かつては、黒人野球というのは別リーグだったわけでしょう。野球で黒人と白人が一緒にプレーをするようになったのは最近のことですから。

ある言葉で心が傷つく人がいるのが事実だとすれば、そこは考えなければいけないところがいっぱいあります。カシアス・クレイが、あれだけブラックとホワイトという言葉に敏感になっている。アメリカの国務省やCIAがブラックリストをつくっていると聞いただけで傷つく人がいる。ブラックリストとは、悪人の控えメモですから、たしかにそうだよね。

僕が言いたかったのは、偉大なアスリートというのは、社会的なインテリジェンスを、自ずからちゃんと備えているということ。「スポーツバカ一代」を賛美するというのはどうかと思います。バカじゃいけない。

栗山　そうですね。僕らのまわりでも、本当に突き抜けていく人たちは、その過程で身につけたものかもしれませんが、自分の社会的な立場とか、地位とか、影響力などを考えて、自らの理論体系を持ってメッセージを発しています。身体能力だけでやってきてトップアスリートになった人に、僕はお会いしたことがないので、本当にそう思います。

五木　やっぱり、偉大なアスリートは身体能力だけではないということです。大谷選手も、大変だろうとは思うけれども、社会的常識という中で苦心して発言をしていますよね。その時代の偉大なアスリートというのは、そういうことを配慮しなければいけないのだから、大変だなと思いました。

どうしたら運を選手のために引っ張りこめるのかを研究する責任があるかなと思っていたんです。——栗山

栗山　話が変わるのですが、先生が言われるとおり、運というのは、自ら開くことができるものなのかどうなのか。打ち損なった打球でも、野手の間にさえ飛べば点が入るわけで、その運を、引っ張りこみたいというのが本音なんです。

僕は、桜井章一《しょういち》さんなど、麻雀《マージャン》のプロの方の本もよく読みました。そういう方が、どのように運を引っ張りこもうとしているのかと。スポーツは運が結果を左右してしまうものなので、答えが出なくてもいいのですが、どうしたらそれを選手のために引っ張りこめるのかを研究する責任があるかなと思っていたんです。

五木　阿佐田哲也《あさだてつや》さんは若いころからの僕の友達で、よく一緒に、北海道に麻雀を打ちに行っていたんですよ。北海道には畑正憲《はたまさのり》さんがいたんだ。ものすごく麻雀が好きな人で、とにかく朝夕麻雀をやる人なのです。「畑さんのところへそろそろ行きませんか」と阿佐田さんが言うと、北海道まで飛行機で行って、畑さんのところで三日三晩、麻雀をやるんです。

不思議なことに、そういう中で学んだことも、やっぱりあるんですよね。麻雀なんて運が左右するゲームですから、つくづく、「今日はつかないな」ということもあるけれど、「品が悪い麻雀は打ってはいけない」と教えられたり、麻雀を打つ中で学んだことがありましたね。

僕は、阿佐田哲也さんとか、畑正憲さんとか、プロ雀士の小島武夫《たけお》さんだとか、あのへんの人たちと麻雀をやり合っていたころ、さっき少しお話しした、業界紙の記者をやって世の中の裏表を走り回っていた時期に、自分のいまのメンタリティが形成された部分がけっこうあるんじゃないかと、つくづく思うところがありますね。

栗山　たしかに麻雀の場合、何気ないおしゃべりとか、その人の打ち方や振る舞いから学ぶこともありますね。

五木　小島武夫さんは、同郷、福岡なんです。「今度、レコードを出すことになったから歌を書いてくれ」と彼に頼まれてね。そこで、『おれはしみじみ馬鹿だった』という自嘲《じちょう》的な詞を僕が書いてレコードを出しましたけれど、彼は歌があんまりうまくないんでね、ぜんぜん売れなかったですね（笑）。

栗山　麻雀の世界のトップにおられた、阿佐田さんとか小島さんというのは、麻雀をものすごく大事にしている感じなのですか。それとも、楽しいものとしてとらえているのですか。

五木　いや、楽しいものとしては考えていないです。麻雀で生きるということに何か業《ごう》のようなものを、自分たちで感じているようでした。生き方そのものが、麻雀というところがありましたね。

栗山　生き様が反映するぐらいの。

五木　やっぱり、その世界で一家を成している人は、それぞれ共通したオーラがありますす。小島さんは、欠点だらけの男ではあったけれど、何遍も対談をやりました。

ちょっと話が脱線してしまいましたね。

どうしようもない人間が、気品のあるゲームをすることもある。これぱっかりはわからない。
——五木

栗山　僕はすごく楽しいです。最後にもう一つだけ聞かせてもらってもいいですか。聞いちゃいけないことだったらお許しください。

子どものころの感覚というのは、すごく重要だと思うのです。僕が先生の本を読んでもっとも印象的だったエピソードの一つなのですが、敗戦後、先生が住んでいらっしゃった平壌《ピョンヤン》にソ連軍が進駐してきますよね。そのとき、ロシア兵の一人が歌を歌い出すと、それに重ねるように、次々と合唱の輪が広がっていった。その合唱を聞いたとき、彼らの合唱の美しさは天女《てんにょ》の音楽のように聞こえたと。

その文章を読んだときに、たしかに世の中って、わからないことがいっぱいあるんだと、先生のお気持ちがすごくわかったような気がしました。ただ、戦争を知らない世代の僕らは、それをどうとらえていったらいいのか、とも思いました。

五木　そうなんですよね。僕はいまだに人間というのは、よくわからない。謎なんです。たとえば、何でこんなにずっと古代から戦争を繰り返してきているのだろうと思いますしね。

最初に平壌に入ってきたのは、当時のソ連軍の第一線戦闘部隊で、囚人部隊とも言われていました。その連中は、地雷原であろうと何であろうと最初に進んで行って、敵の戦火の犠牲になるわけですね。その連中がもし逃げ出そうとすると、後ろから味方が打つんだそうです。そういう、ならず者部隊とも言えるような兵隊が最初に入ってきた。当時の戦争の常識があるんだね。正規軍が入ってくるまでの最初の一か月足らずの間ぐらいは、敵の都市を占領したら、一週間、一か月は何をやってもいいと。

こいつらは、本当にケダモノだと思っていました。たまたま、ある日の夕方、彼らがちゃんと隊を組むわけでもなく、銃を肩からぶら下げてだらしない格好でゾロゾロと兵営に帰っていく姿を一人で見ていたら、彼らが歌を歌い出したんです。誰か一人がメロディを歌うと、自ずとそれに付いて低音を誰かが歌い、低音を付けると今度は高音が付いてくるというふうになって、最後は三部合唱になったんです。自然に合唱を歌いながら、ゾロゾロ歩いて行く。

それまで、われわれ少国民というか当時の日本の子どもたちは、いや、大人もそうだけれど、合唱というものを知らなかったんですね。私たちは、朝から晩まで「斉唱《ユニゾン》」だったんだね。斉唱というのは、同じメロディーを、大きな声で、声を揃えて歌うことです。軍歌だろうが、戦意高揚歌だろうが、流行歌だろうが、蛮声《ばんせい》を張り上げて怒鳴るということしか知らない。ですから、異なる音を重ねていくハーモニーを聞いたときに、まるで天上の音楽のような感じを受けて、「これはいったい何だ」とものすごくショックを受けたんですよ。

そのとき、その荒くれた無頼漢《ぶらいかん》のような連中の歌う歌が、ものすごく心に響いた。その落差に、これは永遠に解けない謎のようなものを感じました。美しい音楽とか、美しい芸術というものは、ふつう、美しい心の持ち主が生み出すものだと考えるじゃありませんか。そういう意識が一挙に崩れてしまって。それが大きな謎になって、日本に引き揚げたあとも、この謎を解決するためにはロシア文学をやるしかないと思って、早稲田の露文科に入ったんです。なかなか解決できないままに来ていますけれど。

いずれにしても、きっかけというのは、そういうことだったのです。どう言ったらいいのでしょうかね、超悪人というか、暴虐《ぼうぎゃく》で残酷《ざんこく》な連中の歌う歌に美しさがあることが、解決できない謎として、まだ僕の中にはありますね。そういう経験が自分にあったことが、ものを書くきっかけになったのかもしれないと思うところがあります。

野球というスポーツ競技の中でも、こんないい加減なプレーがラッキーに作用することもあるのかと思うときがあるでしょう。正しくやっていれば正しい結果が出るというものでもないんですよね。だから、野球は人生のドラマの、一つのシンボルだと思うところがあるのです。ただのスポーツを超えて、われわれ日本人が野球を愛するというのは、そういうところがあるんでしょうね。

どうしようもない人間が、本当に気品のあるゲームをすることもある。こればっかりはわからない。いまだに謎なんです。

栗山　たしかに、道徳的にいい人が正しい方向ばかりをやることで、いい結果が出るものではないところがありますね。そのことを、僕らは知っておく必要がある。もちろん、そっちのほうがいいですけれど、そうではないこともあるのだと。

先生とお話しさせていただいて、人間は難しいし、わからないものだということを肝に銘じたほうがいいと感じました。そうすると、自分でも、考え方の幅が出ると思うのです。野球という答えのないスポーツをやるにあたっては、先生がおっしゃるように、人間はわからないという発想で進まないと、新しいものは生まれないかなと思いました。いやな思い出を聞かせていただき、すみません。

五木 言い換えれば、「野球は素晴らしい。自分は野球を愛している」という気持ちと、「野球なんて」という気持ちと両方、人間の中にはあると思うんです。僕も小説を書いていて、「小説というのは本当におもしろい。すごいものだな」と思うときと、「こんなもの」と思うときと、両方あります。

人生というのは、基本的に、そういう矛盾する二つの絡み合いの中で進んでいくものなので、どっちか一つに決めることはできない。真っ白が輝くときもあるし、真っ黒が輝くときもある。その瞬間を凝縮していたのが、WBCの最後のシーンだったと思うことがあります。そういう場面を、僕らに現実に提供してくれた栗山さんたちスポーツマンを、僕はすごく尊敬しています。これからも、また、そういうシーンを見たい気持ちがありますね。

栗山 はい。ぜひ、また。

五木 今日は、どうもありがとうございました。

栗山　先生、ありがとうございました。

五木　すごく気持ちよく、お話ができました。

栗山　ありがとうございます。先生に会ってお話をうかがえるだけで光栄でした。ありがとうございました。

対談を終えて

どうしても会いたかった……

五木寛之先生に会ってどうしてもお聞きしたいことが山ほどあった。監督時代、多くの先人たちの言葉に救われてきたが、特に先生の「人は生きているだけで価値があるんだ」という言葉は、己の力なさに苦しむ際、どれだけ救われたか。

さらには努力できない人がいるんだ、自力と他力の考え方など、多くの示唆《しさ》と疑問を常に与えてもらって進んできたことが、今の自分をつくってもらったと感謝しかない。

今回、実際にお会いして、私なりの解釈が生まれ、ストンと先生の言葉が落ちて、自分の言葉になった。そして、なんといっても、全ては先生のやさしさから来るものであることをはっきり感じた。

ある意味、過激にも見える言葉の一つ一つは、ここまで人を包みこむ大きさ、その空気に触れたことで人はこう生きるべきという理想像と憧《あこが》れをもらった。先生には負担をかけるが、まだまだ聞きたいことで溢《あふ》れている。機会があったら、何度でも先生の話を聞いてみたい。

長年の夢が叶ったただけに、この学びを必ずや次の世代に伝えなければ! そう誓《ちか》った最高の時間であった。

本当にありがとうございました。

栗山英樹

本書の第一部はＮＨＫラジオ深夜便で、二〇二四年一月九、十日に「新春対談 自力と他力」（ＮＨＫラジオ第１・ＦＭ）というタイトルで放送された内容をもとに加筆・修正し、編集したものです。
第二部は語り下ろしです。

編集協力 湯沢寿久
対談写真 丸山 光
校閲 髙松完子
ＤＴＰ 山田孝之

五木寛之
Itsuki Hiroyuki

1932年、福岡県生まれ。作家。朝鮮半島で幼少期を送り、引き揚げ後、52年に上京して早稲田大学文学部露文科に入学。57年に中退後、編集者、ルポライターなどを経て、66年『さらばモスクワ愚連隊』で小説現代新人賞、67年『蒼ざめた馬を見よ』で直木賞、76年『青春の門 筑豊篇』ほかで吉川英治文学賞、2010年『親鸞』で毎日出版文化賞特別賞など受賞多数。22～24年にかけて、NHK出版の教養・文化シリーズ「人生のレシピ」全10巻を刊行。ほかの代表作に『風の王国』『大河の一滴』『蓮如』『下山の思想』『百寺巡礼』『生きるヒント』『孤独のすすめ』など。日本芸術院会員。

栗山英樹
Kuriyama Hideki

1961年、東京都生まれ。北海道日本ハムファイターズCBO。東京学芸大学を経て、84年にドラフト外でヤクルトスワローズに入団。89年にゴールデングラブ賞を獲得。90年に引退し、解説者、スポーツジャーナリスト、白鷗大学教授などを務める。2011年11月に北海道日本ハムファイターズの監督に就任し、監督1年目でリーグ制覇。16年に2度目のリーグ制覇と日本一に輝き、正力松太郎賞を受賞。21年11月に日本ハムファイターズ監督を退任し、12月に野球日本代表監督に就任。23年3月にWBC優勝、5月に日本代表監督を退任。

五木寛之×栗山英樹

「対話」の力

2024年10月10日　第1刷発行

著　者　五木寛之、栗山英樹

発行者　江口貴之

発行所　NHK出版
〒150-0042 東京都渋谷区宇田川町10-3
電話　0570-009-321（問い合わせ）
　　　0570-000-321（注文）
ホームページ　https://www.nhk-book.co.jp

印刷・製本　光邦

ブックデザイン　albireo

Printed in Japan ISBN978-4-14-081976-0 C0095